KB081416

박원순의 희망 찾기 3

공동체를 살리는 대안 경제

마을 회사

공동체를 살리는 대안 경제
마을
회사

2011년 5월 4일 처음 펴냄
2011년 11월 18일 2쇄 찍음

지은이 박원순
펴낸이 신명철 편집장 장미희 편집 장원 디자인 최희윤
펴낸곳 (주)우리교육 검둥소 등록 제 313-2001-52호
주소 (121-841) 서울특별시 마포구 서교동 449-6
전화 02-3142-6770 팩스 02-3142-6772
홈페이지 www.uriedu.co.kr
통합 카페 cafe.naver.com/ddoya
검둥소 블로그 blog.naver.com/geomdungso
전자우편 geomdungso@uriedu.co.kr
출력 한국커뮤니케이션 인쇄 미르인쇄

이 책은 희망제작소가 SAMSUNG 에서 연구비를 지원받아 집필했습니다.

이 도서의 국립중앙도서관 출판시도서목록(CIP)은 e-CIP 홈페이지(http://www.nl.go.kr/cip.php)에서
이용하실 수 있습니다.(CIP 제어번호:CIP2011001883)

박원순의 희망 찾기 3

공동체를 살리는 대안 경제

마을
회사

박원순 지음

이 사회의 희망을 위해 끊임없이 도전하며
지역을 위해 묵묵히 헌신하는 모든 분께
이 책을 바칩니다.

대한민국 경제, 이제 마을 기업이 만들어 간다

4년 전 희망제작소에 아주 특별한 기구가 떴다. 바로 '커뮤니티 비즈니스 연구소'이다. 우리 지역의 고유한 향토적 자산을 기초로 소기업을 설립하거나 마을 기업을 일으켜 보자는 취지로 추진했다. 지자체 장들 대부분은 이 일에 관심을 보이지 않았다. 외부의 큰 기업들을 유치하는 데에만 혈안이 되어 있었다. 그런데 딱 두 사람, 전라북도 완주의 임정엽 군수와 순천시의 노관규 시장만이 우리와 뜻을 같이했다. 그때부터 공무원과 지역 리더들에게 이 사업에 관하여 교육을 시키고 지역 자산을 조사하는 이른바 '신택리지사업'을 진행했다.

특히 완주군의 경우에는 군청과 희망제작소가 공동으로 커뮤니티 비즈니스에 관한 중간 지원 기관인 '완주 커뮤니티 비즈니스 센터'를 만들어 운영해 왔다. 그 이후 100개의 마을 회사가 완주군에 만들어졌고 점차 매출과 성장을 거듭하고 있다. 이 커뮤니티 비즈니스라는 개념은 전국에 확산되었고 최근에는 중앙정부마저 마을 기업이라는 이름으로 추진함으로써 보편화되고 있다.

이 커뮤니티 비즈니스 사업은, 바로 5년 전부터 전국을 돌면서 수많은 지역 사람들과 인터뷰한 결과이기도 하다. 전국에는 자기 지역의 고유한 자산을 기초로 다양한 사업을 벌이면서 지역 경제의 미래를 만드는 독특한 사람들이 많았던 것이다. 나는 이분들을 만나면서 우리의 전통적 지혜와 마을의 특성을 살려 내는 사업들이 얼마든지 가능하고 이것이 대한민국 경제의 미래를 만들 수 있다고 확신하게 되었다. 지역 경제를 살리기 위해 일하는 수많은 풀뿌리 기업인들을 만나면서 나는 지역의 향토적 자산을 일구고 그것을 기초로 벌이는 사업이야말로 지역 경제의 든든한 버팀목이며 그것이 동시에 마을의 일자리 창출, 마을 공동체의 형성, 지역 복지의 근간임을 알게 되었다.

전통적인 제염 방식을 고집하며 건강에 좋은 소금을 만드는 '태안자염', 자연산 돌미역을 채취하고 가공하는 경북 영덕의 '돌미역 해심', 과거 냉대받던 감 말랭이를 간식이나 안주거리로 만드는 경북 청도의 '감이랑', 3부자가 유기농 요구르트 개발에 매달려 마침내 훌륭한 낙농 기업으로 일군 '평촌 풀무요구르트', 연꽃 연못을 일궈 다양한 차와 술 등을 만드는 화천 건넌들마을의 '꽃빛향', 3대에 걸쳐 술을 빚어 온 '세왕', 전통적인 과자 만들기를 실험하고 있는 '화성한과', 믿을 수 있는 수산물 가공 업체인 '해농수산' 등이 바로 향토적 기업들의 대표적인 사례들이다.

뿐만 아니라 이런 지역 특산물과 향토적 기업들의 상품 개발이나 기술 향상, 디자인 개선과 마케팅, R&D 등을 담당하면서 농산물이나 그 가공품, 공예품 등을 업그레이드하는 측면의 지원 기관 담당자들을 만나 보았다. 순창장류연구소의 이지영 연구사와 임창호 관리 담당 공무원, 창녕 양파 장류 산업의 지역 혁신 클러스터를 담당하고 있는 창원대 차용준 교수…….

농촌 기업, 향토 기업이면서 이미 대기업 못지않은 성공을 거둔 곳도 있었다. 광양 청매실농원의 홍쌍리 여사는 이미 전국적으로 잘 알려진 농촌 기업인이다. 진주의 장생도라지는 도라지 하나의 연구 개발에 몰두해 큰 기업으로 일군 사례이다. 이들은 하나의 상품, 하나의 식물, 하나의 영역에서 연구 개발하고 오랜 세월에 걸쳐 집중하면 지역에서도 훌륭한 기업을 일굴 수 있다는 증거가 되고 있다.

오늘날 농산물조차도 광범한 불신으로 인해 생산자의 얼굴을 알 수 없는 것은 물론이고 원산지나 품질 등을 믿지 못하는 시대가 되었다. 그러나 친환경 무공해 식품을 전문적으로 유통시키는 '무공이네'라든지 로컬푸드, 슬로푸드 운동을 전개하는 '팔당올가닉푸드' 같은 곳은 이런 불신의 사회를 신뢰의 사회로 만들어 가는 중요한 유통 기업들이 아닐 수 없다.

오늘날 대기업 유통 회사들이 공룡처럼 성장하고 생산자와 소비자들은 자신의 이익을 유린당하는 대기업 전성시대에 살고 있는 상황에서 협동조합 방식에 의한 단결은 소중한 의미를 지니고 있다. 협동조합은 생산자와 소비자의 관계를 긴밀히 하고 직거래를 높임으로써 서로에게 상생의 효과를 거두고 있다. 아직 부족한 단계이지만 전국에서 들불같이 일어나고 있는 협동조합운동은 이 나라에 무인 지경인 시민 경제, 시민 자본, 대안 경제를 만들어 내는 소중한 씨앗들이다.

최단 시간에 성장한 icoop생협연합회는 우리에게도 협동조합운동이 성공할 수 있다는 교훈을 주었다. 특히 지역에서 벌어지는 협동조합의 운동은 이 땅에서는 신선하기만 하다. 홍성 풀무생협과 신협은 지역과 마을의 경제를 선순환으로 이끄는 마을 경제의 동력이다. 기존의 농협 중에서도 조합장의 비전과 열정이 뒷받침된다면 농민을 위한 진정한 협동조합이 될 수 있음을 보여 주는 사례도 있었다. 고삼농협이나 해남 옥천농협, 충북 옥천농협, 도드람양돈조합 등이 그곳이다.

나는 농담 반 진담 반으로 헌법 제1조를 "대한민국 모든 국민은 소기업 사장이 될 수 있다"라고 바꾸자고 말한다. 사실 우리는 어느샌가 기업 하면 재벌 기업을 연상하게 되었다. 기업은 자기 집 안방에서 컴퓨터 한 대 놓고도 할 수 있는 것이고 마루에서 책상 하나 놓고 인형을 만들거나 양초 공예를 해도 할 수 있는 일이다. 우리에게 가장 절박한 것은 기업가 정신이다. 기업이 어느 누구의 전유물이 아니고 우리 모두가 할 수 있다는 사실을 인식하는 것이 중요한 것이다.

나는 소기업이 들꽃처럼 피어나고 강물처럼 흐르는 날이 와야 하고 오리라고 생각한다. 그리고 그것은 바로 지역과 마을에서 시작되어야 하고 될 것이라고 믿는다. 내가 새롭게 소기업 전문 유통 조직 '희망수레'를 발진하는 이유이기도 하다. 대한민국 소기업 만세! 향토 기업 만세! 마을 기업 만세!

2011년 4월 봄이 무르익는 우면산 자락에서

9

| 차 례 |

프롤로그 대한민국 경제, 이제 마을 기업이 만들어 간다   6

1부 향토 자산이 마을을 살린다

태안자염, 조상들의 삶이 담긴 역사 _소금 굽는 사람들   14

600년 재배 전통에서 나온 자연산 돌미역

_해심을 만드는 사진3리 사람들   26

청도 반시는 고향의 맛이다_농업회사법인 감이랑   38

장류 제조 업체가 살아야 지역 농가가 산다_순창장류연구소   48

강장 식물 양파와 신의 식품 장류의 탁월한 결합

_창녕 양파바이오특화사업단   60

2부 가공에서 대안을 찾다

연을 가공하는 수공업의 희망_꽃빛향영농법인   72

삼부자가 양심을 걸고 만드는 평촌요구르트_평촌목장   82

술을 빚어 지역을 살리다_영농조합법인 세왕   90

매화꽃과 함께 울고 웃는 홍쌍리 여사_청매실농원   106

미래라는 블루오션에 도전하다_장생도라지   116

3부 윤리적 소비가 세상을 바꾼다

우리는 소비자가 키워 주었어요_화성한과   132

유기농 상품보다 유기농 생활을 팔아요_무공이네   148

상생과 순환의 양심을 지니다_해농수산   166

먹을거리 문제를 해결하기 위한 소비자 운동

　　　　　　　　　　　_농업회사법인 팔당올가닉푸드   176

소비의 힘, 협동의 힘_icoop생협   188

4부 협동조합이 희망이다

유기농은 농업의 대안이다_풀무신협과 풀무생협   204

도시와 농촌이 만나면 희망은 현실이 된다_고삼농협   218

모든 이익을 조합원에게 돌려준다_해남 옥천농협   230

협동조합 이념대로 농민을 위하는 농협_충북 옥천농협   240

돼지고기 산업을 이끄는 사람들_도드람양돈협동조합   250

희망 찾기에 도움 주신 분들   266

1부
향토 자산이 마을을 살린다

천년을 이어온 신비한 맛

태안자염!!

태안자염, 조상들의 삶이 담긴 역사

__ 소금 굽는 사람들

태안자염의 염 대 칼슘 함량 비율은 29 대 1로 천일염이 428 대 1 인 것에 비해 아주 낮습니다. 사람 몸속에 있는 각종 효소를 활성 화하고 유전자 암호를 전달하는 데 필요한 마그네슘이 들어 있습 니다. 칼슘이 높고 마그네슘이 낮으면 허혈성 심장 질환이 우려되 어 권장하는 섭취 비율이 1 대 0.5인데 태안자염은 1 대 1.3의 비율 로 구성된 매우 이상적인 소금입니다.

자염煮鹽은 우리 고유의 전통 소금이다. 자염은 천일염이 보급 되기 이전에 우리 선조들이 가마솥으로 끓여 만든 소금이고 대중 들이 즐겨 먹었다. 1907년 일본이 지금의 주안 십정동에 처음으 로 염전을 개설하고 천일염을 생산했다. 자염은 1950년 전후까지 명맥을 이어 왔으나 천일염과 경쟁에 밀려 사라지게 되었다. 그 이유는 무분별한 간척 사업과 노동력 때문이다. 이제는 거의 모 든 사람들의 기억 속에서 자취를 감추어 버렸는데, 2001년이 되면서 자염은 우리 앞에 다시 나타났다.

자염은 염도를 높인 소금물을 가마솥에서 끓이는 전통 제조법으로 민간에서는 화염이라고 불렸다. 염도가 낮고 각종 미네랄이 함유돼 있어 건강식품으로 각광을 받았다. 소금 굽는 사람들의 정낙추 이사는 "음식 고유의 맛을 살리는 자염은 예전에는 피부병, 소화제 등 민간 의약으로 사용했다"며 태안자염의 효능을 자랑했다. 현재 태안자염은 별도의 광고를 하지 않는데 판매된다. 한번 구매한 사람이 다시 태안자염을 찾는 것이다.

그는 "다른 소금이 쓰고, 떫어 음식의 맛을 제대로 낼 수 없지만 태안자염은 쓴맛과 떫은맛이 없어 맛을 제대로 낼 수 있다"며 소비자들이 구매하는 이유를 설명했다. 특히 콩나물국을 끓일 때 자염의 맛을 쉽게 알 수 있다고 전했다. 콩나물국은 소금으로 간을 보는데 소금 선택을 잘못하면 콩나물국이 쓴맛이 나므로 쓴맛을 없애려고 인공 조미료를 사용하게 된다. 태안자염을 처음 구입하는 고객들에게는 태안자염의 정보를 주고 있으며 태안자염을 보내면 거의 반품이 없었다고 한다.

전통 방식으로 만드는 자염

정낙추 이사를 비롯한 '태안의 생활문화를 연구하는 모임' 회원들 6명이 태안 지방의 자염을 복원해서 생산해 보자며 2001년 돈을 모아 자염 복원, 재현 작업을 시작했다. 당시 작업 상황이 KBS TV 프로그램 '6시 내 고향'에서 방영되었는데 언론과 역사학계에 엄청난 반향을 일으켰다. 그리고 2002년에 영농조합법인 '소금 굽는 사람들'을 설립했다. 농사짓는 정낙추 이사가 부업으로 회사 운영을 도맡았다. 설립 초기 영농조합법인은 적자를 겨우 면하는 상태였다. 투자자들은 자염의 전통 복원과 문화 사업에 자기희생을 하기로 뜻을 모았기 때문에, 그리고 저마다 직업을 가지고 있었기 때문에 이 상황을 견딜 수 있었다. 2003년 KBS에서 태안자염에 대한 다큐멘터리가 방영되면서 소비자들의 문의가 잦아지기 시작했다.

문헌에는 자염에 관한 기록이 몇 줄 남아 있지만 소금을 만드는 과정을 담은 그림이 없었다. 바닷물을 끓여서 자염을 만들었다고 했는데 선조들은 정확한 과정을 기록해 놓지 않았다. 정신문화연구원에서 쓴 문헌에도 아무런 정보가 없었다. 하지만 촌로村老들은 자염을 생산하는 전통 방식 과정을 알고 있었다. 70~80대 노인들의 힘을 빌려, 자염이 사라진 지 50년 만에 자염을 복원하는 데 성공할 수 있었다.

처음에 그들은 자염을 만들 수 있는 갯벌을 찾기 위해 5년 동안 태안의 모든 바닷가 갯벌을 조사했다. 조금(조수潮水가 가장 낮은 때를 이르는 말. 대개 매월 음력 7, 8일과 22, 23일에 있다.) 8일 동안 바닷물이 들어오지 않는 갯벌을 찾을 수 없어 거의 포기하려던 무렵이었다. '태안의 생활문화를 연구하는 모임'에 참여한 교사가 학생들에게 향토 문화 교육을 하면서 자염을 설명했는데 한 학생이 자신의 할아버지가 마금리 낭금 갯벌에서 자염을 만들었다고 알려 주었다. 그 이야기를 듣고 설날 아침에 그 갯벌을 찾아갔다.

"자염은 조상들의 삶이 담긴 역사입니다."

영농조합법인 '소금 굽는 사람들'의 정낙추 이사는
자염을 만드는 과정을 통해 우리 조상들의
대중적인 생활문화를 올바르게 이해할 수 있다고 말한다.

마금리 낭금 갯벌에 가 보니 마침 그 노인이 있었죠. 우리가 자염을 만들던 갯벌이 어디냐고 물으니 바로 여기라고 했습니다. 그 갯벌이 현재 자염을 만드는, 태안에서 하나밖에 없는 갯벌이죠. 어쩌면 서해안에서 유일한 갯벌일 겁니다. 나중에 갯벌 작업을 하다 보니 50년 전에 갯벌에 박았던 소나무 말뚝이 그대로 있더라고요.

이 갯벌은 1960년대 정부가 간척 사업을 추진한 곳이다. 밀가루 부대를 쌓아 방조제를 만드는 작업이 진행되었는데, 사업자가 밀가루를 너무 많이 빼돌려서 허술하게 제방을 막았던 터라 급기야 제방이 터졌고 그 덕에 갯벌이 살아남았다. 아직도 터진 제방의 흔적이 보였다. 어렵게 찾은 갯벌이었지만 자염에 대한 정확한 기록이 없었기 때문에 노인들의 구전에 의해 복원 작업을 했다. 노인 다섯 명과 함께 한 달 동안 개벌에서 옛날 방식 그대로 했다. 노인들도 기억이 희미해서 서로 자기가 옳다고 다투는 바람에 많이 웃기도 했다.

이런저런 시행착오를 겪으며 2001년 5월 21일, 명맥이 끊어진 자염 복원 행사를 갯벌에서 가졌다. 3개월 동안 갯벌에서 살면서 자염을 만드는 방식, 도구 등을 원형대로 제작하고 소금을 만드는 재현 과정을 꼼꼼히 기록하여 2002년 태안문화원에서 발행하는 향토 잡지에 발표했다. 잡지에 기록한 자염에 대한 생산 방식이나 도구의 명칭 등이 이후 역사학계에서 인용되고 널리 쓰이고 있다.

자염은 갯벌에서 개흙을 말리는 작업을 해야 하기 때문에 기계화

가 불가능하고 날씨 영향을 절대적으로 받기 때문에 대량 생산이
불가능하지요. 태안에는 이제 예전과 같은 갯벌이 없습니다. 간신
히 마금리 낭금 갯벌을 찾아내서 자염을 생산할 수 있었던 것이지
요. 과거에는 경기도에 이어 전라도, 충청도 순으로 소금을 생산했
는데 충청도에서 생산하는 전체 소금량의 65퍼센트가 태안에서 나
옵니다. 옛날에 부자들이 소금 업자였다고 들었는데, 강경에서 젓
갈이 유명해진 이유는 태안 지방에서 소금을 생산했기 때문이라고
합니다.

자염 제조에 적합한 장소는 모래가 약간 섞인 갯벌로 조금 때
약 7~8일간 바닷물이 들어오지 않는 갯벌이어야 한다. 태안군에
서 자염을 전통 방식으로 재현한 것은 통조금 방식이었다. 갯벌
가운데 함수鹹水를 모으는 웅덩이를 파고 조금 때를 이용해 중앙
에 통자락을 설치한 다음 웅덩이의 흙을 통 주변에 펼쳐 놓고 물
이 닿지 않는 기간 동안 갯벌이 잘 마르도록 소牛를 이용해 써레
질을 했다. 수일간 개흙을 잘 말린 다음 다시 흙을 웅덩이에 밀어
넣으면 사리 때 바닷물이 그곳에 스며들어 중앙에 묻혀 있는 통
속에 염도가 높은 물이 모였다. 그리고 다시 조금 때가 돌아오면
통 속에 고인 물을 퍼서 가마솥에 솔가지 불로 8시간 정도 끓여서
소금을 만들었다.
바닷물 3톤을 끓이면 자염 60킬로그램 정도가 생산된다. 더욱
이 날씨가 좋아야 자염을 생산하는 데 이롭다. 이러한 작업을 봄
부터 가을까지 반복하여 자염을 만든다.

태안자염으로 문화적 다양성을 확보한다

정낙추 이사는 태안자염의 복원은 문화적 효과를 가져왔다고 전했다. 태안자염을 복원한 2001년 '태안의 생활문화를 연구하는 모임'은 자염 복원 축제를 개최했다. 하지만 자염이 지역의 유산이라고 여긴 모임의 구성원들은 자염에 대한 모든 초상권, 저작권을 태안문화원에 이관했다. 그리고 문화원에서 자염 축제를 진행하도록 모임의 구성원들은 물심양면으로 도왔다.

태안군 근흥면 마금리 낭금 갯벌에서는 2008년까지 2년에 한 번씩 태안 자염 축제를 열었다. 축제를 개최하면 전국에서 사람들이 많이 오기 때문에 갯벌의 훼손을 막기 위해 격년제로 진행한 것이다. 갯벌이 질퍽거리면 개흙을 말릴 수 없어 조금 때 자염 축제를 진행해야 했는데, 조금에 맞추려면 축제 날짜를 미리 잡을 수 없어 축제를 열기 열흘쯤 전에 공고를 했다고 한다.

자염 축제에서는 자염을 생산하는 전 과정을 보여 주었고 직접 구운 자염을 가져가도록 했다. 전국 각지에서 관람객이 찾아와 갯벌의 염생식물을 보고 다양한 갯벌 체험을 할 수 있다.

자염 축제를 통해 지역의 전통적인 생활문화를 직접 체험할 수 있습니다. 또한 인간과 자연의 공존에 대해, 환경에 대해 역사를 통해 알고 느낄 수 있다는 장점도 지녔지요. 더 나아가서 지역의 입장에서 보자면 태안의 자연환경을 타 지역에서 온 관광객들에게 자랑하는 계기가 되기도 합니다. 그리고 이 지역에서 자라나는 아이들에게 소박한 문화지만 지역에 대한 자긍심을 키워 주기도 합니다. 하찮아 보이는 생활문화가 그 지역의 대표적인 상품으로 탄생할 수도 있지요.

정낙추 이사는 "자염은 조상들의 삶이 담긴 역사"라고 했다. 그렇기 때문에 자염을 만드는 과정을 통해 우리 조상들의 대중적인 생활문화를 올바르게 이해하고 인식할 수 있다. 그 과정과 역사를 음미해 보는 것은 우리나라의 소박하고 아름다운 전통문화의 본질에 다가가는 것이다. 이러한 취지에서 개최된 자염 축제를 통해 관람객들은 조상들의 신정한 삶의 모습과 애환이 담긴 역사를 다시 한 번 그려 볼 수 있는 기회를 얻을 수 있다. 이처럼 태안 자염의 끊어진 전통을 복원함으로써 태안의 문화적 다양성을 생산할 수 있었다.

진정한 전통 생활문화가 남아 있는가

정낙추 이사는 지방자치단체는 전통 생활문화에 대한 이해가 부족했다고 지적했다. 태안자염을 복원한다고 했을 때 지자체는 무관심했기 때문이다. 그런데 자염을 복원한 후 방송 매체에서 여러 차례 방영이 되니 지방 정치인들은 생색내기 바빴다고 했다. 또한 지역 주민들은 노골적으로 기금을 내놓으라고 요구를 했다. 지역 주민들을 설득하고 조화롭게 소금 굽는 사람들을 운영하는 데 8년이 걸렸다. 이러한 시각이나 현상들이 그동안 매우 힘들었다고 그는 토로했다.

자염 축제에서 통자락 만들기, 갯벌 말리기, 간수 나르기, 뜸 엮기, 소금 굽기 등 자염을 만드는 과정을 재현했다.

예전에 태안은 변방이었습니다. 교통이 아주 불편했고 특별한 문화 유적도 없습니다. 생활문화를 찾아보자고 말하던 끝에 소금 문화에 주목했던 것이지요. 자염 복원 실험을 하게 된 이유이기도 했습니다. 처음에는 자염을 상업적인 목적으로 재현하고 복원한 게 아니었습니다. 태안이라는 곳이 그저 관광지라는 것 외에 무엇이 있을까라는 고민에서 출발했지요. 태안을 전국적으로 알리고 싶은 욕심이 있었기 때문입니다.

그는 시인이면서 농사꾼이고 태안문화원에서 이사라는 직함을 갖고 있다. 그런 까닭에 태안 지역의 문화 현실과 미래를 고민할 수밖에 없었다. 태안에는 수년 전만 해도 당제가 있었는데 다 사라지고 흔적이 없다. 황도 분기 풍어제가 있는데 지금은 왜곡되거나 변질되어 사람들이 찾지 않는다. 천수만이 막히지 않았을 때 제일 큰 조기잡이 배들이 지역적으로 안전한 황도에 모였다. 조기가 많이 잡힐 때는 돈이 많은 곳이다. 조기가 잡히지 않으니 배가 없어지고 조기잡이 생활도 없어져서 풍어제가 온전히 남아 있을 리가 없다.

이러한 상황에서 옛날 방식 그대로 복원한 태안자염을 상품화할 수밖에 없었던 데에는 역사학자들의 권고가 큰 작용을 했다. 역사학자들은 "자염을 가장 잘 아는 당신들이 상품을 만들지 않으면 상업적으로 이용하는 사람들이 만들 것이고 그러면 태안의 고유한 생활문화인 자염은 변질될 것이다"라고 했던 것이다. 그래서 소금 굽는 사람들은 태안자염을 상품으로 생산하기 시작했던 것이다.

그를 만나고 나는 지역의 역사, 문화, 환경 등이 매우 소중하다는 것을 더욱 절실히 느꼈다. 이들처럼 소중한 유산을 찾아서 지키고 계승하는 게 중요하다. 그는 말미에 젊은 사람이 지역에 없어서 더 고민이라고 했다. 지역의 진정한 정통 문화가 남아 있더라도 이를 계승할 젊은 세대가 없다면 계승조차 어려운 게 아닌가 싶다.

600년 재배 전통에서 나온 자연산 돌미역

_ 해심을 만드는 사진3리 사람들

경북 영덕의 청정 해역 중 자연산 돌미역이 가장 많이 자생하는 영해면 사진3리에 갔다. 이 마을은 2006년 신활력사업으로 '해심'이라는 상표를 등록했고 자연산 돌미역을 지역 특산물로 브랜드화하고 방문객이 체험할 수 있는 '미역 가공 체험 시설'까지 마련했다.

다른 마을은 건조실에 돌미역을 넣어 선풍기로 건조하지만 사진3리는 자연 건조를 고수해 지금까지 그 방식 그대로 돌미역을 생산한다. 돌미역을 자연 건조를 하면 맛이 더 좋을 수밖에 없어서 이 마을에서 생산되는 자연산 돌미역 해심은 최고의 품질을 인정받고 있다.

마을에서 자연산 돌미역 해심 임한규 관리 부장을 만났다. 푸근하고 인정 넘치는 그와 마주 앉아 있으니 저절로 봄기운 같은 활기가 밀려왔다.

질 좋고 맛 좋은 돌미역

오래전부터 미역은 산모에게 이롭다고 알려졌다. 특히 영덕 청정 해역에서 직접 채취한 돌미역 해심은 해풍에 자연 건조해 카로틴, 비타민 A, B$_1$, B$_2$, 마그네슘, 아연, 요오드 등의 영양소가 풍부하다. 그래서 피를 맑게 해 주고 신진대사를 돕고 산후 조리에 효험이 있는 건강식품이다.

그런데 돌미역 해심에 대한 연구는 상당히 부족한 상황이다. 그래서 임한규 부장은 자연산 돌미역에 대한 연구를 어느 대학에 위탁했던 적이 있다. 영덕 돌미역의 우수한 영양 성분을 입증하고 기능과 품질을 연구한 후 수출할 수 있는 길을 열고자 했던 것이다. 그런데 돌미역이 영덕에서만 나오는 게 아니라 타 지역에서도 생산되고 있어 사진3리에서 나오는 돌미역만의 우수성을 비교 연구할 수 없다는 답변을 받아야 했다.

돌미역 해심은 다른 지역에서 생산되는 돌미역보다 질이 좋고 맛이 좋습니다. 그래서 우리 마을에서 생산되는 돌미역은 보다 특별한 영양 성분이 들어 있다고 저는 믿습니다. 우리 돌미역에 관한 연구는 앞으로 숙제로 남긴 셈이지요. 그렇지만 해심 가공 시설에서 상품을 더 개발하여 특허품으로 인정받을 수 있도록 최선을 다할 겁니다.

몇 해 전에 군청에서 이 마을의 돌미역이 왜 맛이 좋은가를 조사했다. 군청이 조사를 한 결과 바위와 파도, 일조량 등이 돌미역의 맛을 높이는 조건이라고 밝혀졌다. 이 마을은 바위의 높낮이가 고르기 때문에 돌미역이 바닷속에서 안정적으로 착근할 수 있다. 또한 거센 파도와 알맞은 일조량은 돌미역의 싱싱한 맛을 높여 준다.

또한 돌미역 해심의 맛을 더해 준 것은 600년 전 선조들이 마을에 정착했을 때부터 전해 내려온 재배 방식이다. 이 재배 방식은 육지에서 김을 매듯 바닷속에서 돌미역이 잘 착근하고 자랄 수 있도록 잡초를 제거하는 것이다. 이를 두고 마을에서는 '기세 작업'이라고 했다. 9~10월에 기세 작업을 해녀들이 주로 했으며 나머지는 마을 남성들이 맡았다. 이처럼 마을에서 전통 재배 방식을 고집한 것은 고품질의 돌미역을 생산하려는 마을 주민들의 의지가 살아 있기 때문이다.

고급 브랜드 '해심'의 값어치

영덕 군청은 사진3리에서 채취한 돌미역의 우수성을 인정하고 영덕 특산물 자연산 돌미역 '해심'이라는 브랜드 사업을 진행했다. 이 사업으로 경제적 파급효과를 드높일 수 있고 지역 발전에도 한몫을 할 것으로 기대했던 것이다. 해심 브랜드 사업을 수행하기 위해서 사진3리의 63가구 중 50가구가 돌미역 공동 생산을 하기 위해 어촌계 마을 공동체를 형성하고 비과세 특례 사업자 등록을 했다.

그리고 영덕군에서 지원을 받아 마을 회관 2층에 미역 가공 체험 시설을 20평 규모로 건립했다. 자연산 돌미역을 가공하고 포장하는 시설인 가공 공장을 갖추고, 방문객들이 직접 체험할 수 있도록 만들었다. 또한 마을 현황, 미역 생산 과정과 특성을 소개하고 돌미역 생산에 필요한 기구, 어업용 시설물 등을 전시하여 방문객들에게 볼거리를 제공하는 것은 물론 휴식 공간도 마련했다. 사진3리 미역 가공 체험 시설 전시관은 전국에서 마을 단위 전시관으로는 전국 최초라는 데 의미를 더했다.

예전에는 바다에서 채취한 돌미역을 말린 다음 상인에게 곧바로 팔았지만 마을에 가공 공장이 생긴 후에는 돌미역을 진공 팩에 넣고 박스에 담아 완제품 해심 브랜드로 판매할 수 있게 되었다. 마을 주민들이 지역 특산물을 공동 생산하기 위해 합심했기에 가능한 일이었다. 또한 영덕군에서 1억 8천만 원을 지원해 힘을 보탰기 때문이다.

가공 공장은 크게 작업실, 체험 전시관으로 나뉘어 있다. 가공 공장에는 미역을 끌어올리는 승강기가 있고, 작업실 바닥은 위생을 고려해 타일을 깔았다. 여름에는 작업을 할 때 먼지가 들어올 수 없도록 문을 열지 않았다. 마을 주민들은 돌미역 해심이 산모들이 먹는 건강식품이므로 청결에 더 신경을 썼던 것이다.

그런데 상인들은 돌미역 해심을 한동안 구매하다가 일정한 기간이 되면 발을 끊어 버렸다. 주민들에게 자금이 필요해질 때쯤 상인들은 다시 나타나 헐값에 상품을 구매하는 수법을 매년 썼다. 자금의 압박을 받을 수밖에 없는 주민들만 답답한 상황이었다. 몇 해 전에 대구의 황금물산도 그렇게 다가왔다. 그러나 그는 고급 브랜드 해심의 값어치와 군청의 지원, 미역 가공 체험 시설

돌미역 해심은 600여 년 전 선조들의 재배 방식, 즉 육지에서 김을 매듯 바닷속에서 돌미역이 잘 착근하고 자랄 수 있도록 잡초를 제거하는 '기세 작업'으로 생산된다.

을 황금물산 담당자에게 보여 주면서 설득했고 높은 가격으로 돌미역 해심을 판매할 수 있었다. 사진3리에서 상인보다 더 값나가게 돌미역 해심을 판매할 수 있도록 가격을 일정하게 유지하니 돌미역을 생산하는 이웃 마을도 덕을 보았다.

소비자를 위한 해심의 배려

해심은 산모용 돌미역 상품이 따로 있다. 보통 돌미역 상품은 90센티미터로 잘라서 가공하는데 산모용은 모양 그대로 돌미역을 포장한다. 돌미역을 자르면 산모용으로 좋지 않다는 미신 때문이었다. 또한 소비자들이 돌미역을 조리할 때 몇 인분인지 분량을 파악하기 어렵다. 그래서 해심은 4인분이나 5인분으로 구분해서 팩을 만들었다. 팩에서 한 개 꺼내면 2인분, 두 개 꺼내면 5인분이 되도록 스티커로 분량을 표시했다. 소비자들이 알맞은 조리를 할 수 있도록 도와준 것이다.

사진3리 주민들의 세심한 배려는 소비자를 감동시켰다. 해심의 맛에 대해 소비자들이 어떤 반응을 보이는지 들려주는 그의 목소리에 자부심이 묻어났다.

돌미역 해심의 맛이 뛰어나다고 소비자들에게서 전화 문의가 많이 옵니다. 또 해심의 값이 일반 미역보다 비싸지만 값이 비싸다고 항의하는 소비자는 없었습니다. 이제는 돌미역을 여러 형태의 제품으로 공급해야 할 때인 듯합니다.

큰 미역은 대각이라고 한다. 대각은 특품으로 백화점에서 15만 원대 가격으로 책정되었다. 길이가 190~350센티미터이고, 무게가 1.2킬로그램 정도 된다. 예전에는 상인들이 생산 마을을 찾아와 대각을 구매하여 백화점으로 납품했는데 지금은 마을에서 직접 납품한다. 해심이라는 돌미역 브랜드가 탄생했던 2006년에는 1,200통이 판매되었고 3억 8천만 원이 넘는 매출을 올렸다. 그 이후 2010년까지 평균 750통을 생산 및 판매했고 3억 5천만 원가량의 매출을 냈다. 한 가구당 한 해에 돌미역을 15통가량 채취하므로 50가구가 공동 생산하는 돌미역은 750통이었다. 영덕에서 가장 많은 돌미역이 생산되는 마을이라 할 수 있다.

초창기에는 돌미역 생산량이 이상하리만치 많았으나 상품 가격이 높지 않았고 2007년부터는 돌미역 생산량이 줄었지만 가격을 높게 책정할 수 있어서 평균 3억이 넘는 매출을 낼 수 있었다. 4년이 흐르는 동안 돌미역의 매출은 그다지 증가하지 않아 아쉽지만 해심을 찾는 소비자가 꾸준히 있었다는 것이다.

2006년 이후 상인을 거치지 않고 돌미역 해심을 마을에서 직접 판매하니 일정한 가격을 책정하기 어려웠던 것이다. 돌미역 생산량이 지난해 대비 적다면 주민들과 함께 출하 가격을 정할 수 없고 생산량이 적다고 터무니없이 가격을 올릴 수도 없는 노릇이었다. 그렇다고 가격을 낮추면 원가 비용을 뺄 수 없어 손해를 보기 마련이었다.

그러한 상황을 대비하기 위해 저온 창고를 지어야 한다고 그는 말했다. 돌미역 생산량이 많을 때 모두 출하하지 않고 저온 창고에 보관했다가 생산량이 적을 때 출하를 할 수 있도록 하기 위해

고향 쉼터는 고향을 찾아오는 출향인들과 관광객들에게
편안한 휴식과 여가 문화를 즐길 수 있는 공간으로 활용된다.

서였다. 한꺼번에 미역이 많이 들어오면 저장할 곳이 마을에 없어 문제였다. 그래서 집집마다 미역을 쌓아 둘 수밖에 없으므로 위생 관리나 품질관리가 되지 않았던 것이다.

농촌에서 하우스를 지으면 정부의 지원이 있지만 어촌에는 그러한 지원이 없다. 또한 주민들이 돌미역을 채취해서 가공 공장으로 보내면 자금을 바로 지급해야 하는데 상품이 팔려야 생산자에게 지급하는 구조이다. 이렇다 보니 마을 주민들의 불만이 커질 수밖에 없다. 그는 "은행에서 싼 이자로 1억 정도만 대출을 받을 수만 있다면 큰 도움이 될 것인데 아직 관철이 되지 않는다"고 아쉬워했다.

그런 탓에 마을 입장에서 보면 일괄적으로 돌미역 해심을 판매할 수 있는 대행업체가 필요한데 마을은 법인이 되지 않아 대행업체와 계약을 할 수 없는 상황이다. 사진3리는 마을 공동체를 표방한 어촌계 사업자였기 때문에 대행업체에서 요구하는 서류를 만들어 줄 수 없기 때문이었다. 그래서 마을은 2011년에 법인을 설립하려고 준비하고 있다. 관계 당국의 협조와 도움이 절실하다고 했다.

양식 미역이 자연산 미역보다 3~4배 싼 가격으로 출하되므로 어려움이 적지 않은 상황에서 앞으로 어촌계 사업자가 법인으로 설립되면 대형 마트나 대기업과도 거래를 할 수 있다. 더욱이 법인이 되어 민간 자본의 투자를 받아 기계 설비를 갖추고 여러 형태로 돌미역을 가공해야만 대량 판매도 가능할 것이다.

사진3리의 '고향 쉼터'

사진3리는 2006년 9월 1일 대구은행 동구 지점 관할 12개 지역 130명으로 구성된 대구은행 동구사랑봉사단과 1사 1촌 자매결연을 했고 서울의 한 업체와도 1사 1촌 약정을 맺었다. 대구은행은 대구 시민의 협력으로 위기를 극복했기 때문에 지역사회 발전에 관심이 많았다. 대구은행은 돌미역 해심을 매년 구매했고 마을에는 TV, 냉장고, 벽걸이 선풍기 등을 기부했다. 이를 계기로 사진3리 자연산 돌미역 생산자 협의회에서 '고향 쉼터'를 마련했다.

출향한 사람들이 머물 수 있도록 만든 고향 쉼터는 대구은행 직원들의 하계 수련회 장소로 제공되는 등 자매결연 단체와 출향인들, 관광객들이 마을로 찾아와 쉴 수 있는 휴식 공간 역할을 하고 있다. 이 고향 쉼터가 완공되는 데에는 출향인들의 도움이 컸다고 한다.

각지에서 생활하고 있는 출향인들이 십시일반으로 도움을 줘 고향 쉼터가 완공되었다며 그는 고마움을 감추지 않았다. 고향 쉼터는 고향을 찾아오는 출향인들과 관광객들에게 편안한 휴식과 여가 문화를 즐길 수 있는 공간으로 활용된다. 그는 대구은행에서 매년 해심을 소비해 주는 데다 마을에 고향 쉼터가 있어 홍보 효과가 충분히 있다고 설명했다. 마을 회관 2층 회의실을 개조해서 만들었다는 전시관을 둘러보며 그에게 마을의 현황과 포부 등을 들었다.

해심 브랜드 사업을 시작한 지 4년이 흘렀지만 아직도 경제적 기반을 튼실하게 다지지 못했습니다. 그래서 재정상 안정이 되지 않아 많은 어려움을 겪고 있습니다. 그러나 저희는 반드시 해심 브랜드 사업을 지속적으로 발전시킬 겁니다. 소비자들에게 인정을 받을 수 있는 많은 제품을 생산하고 출하해야지요. 국내뿐만 아니라 해외로 해심을 수출해 성장 기업체로 만들고 싶습니다. 점차 영덕군 해심 브랜드의 가치를 높이고 자리매김할 수 있으면 좋겠습니다.

3월 중순이 되면 한 달여 동안 돌미역을 채취한다. 사진3리는 꽃샘추위가 기승을 부리는 춘삼월이 가장 분주한 시기이다. 땅에서 짓는 농사처럼 바다에서 짓는 농사가 풍년이 되려면 봄을 게을리 보내서는 안 될 터이다. 앞으로 영덕의 자연산 돌미역 '해심'을 찾는 소비자가 더 많아지고 수출의 물꼬도 트여 임한규 부장의 소망이 꼭 이루어지기를 마음속 깊이 기도했다.

청도 반시는 고향의 맛이다

__ 농업회사법인 감이랑

　어느 이탈리아 커피 전문점에 갔다. 그다지 커피를 즐기지 않아 다른 메뉴를 찾던 중 홍시로 만든 음료를 발견해 주문했다. 이탈리아 커피 전문점에 홍시로 만든 음료라니 이색적이었다. 홍시를 얼려서 떠먹는 아이스 홍시, 살짝 얼린 홍시를 갈아서 마시는 홍시 셔벗 등 홍시의 다양한 변모가 눈에 띄었다.

　시대의 흐름에 발맞춰 발 빠르게 변화하는 것은 환영할 만한 일이지만 한겨울에 살짝 얼어 있는 홍시를 그냥 베어 먹었을 때가 최고의 맛이라는 생각이 들었다. 홍시가 더욱 남다른 것은 달콤하게 입안을 감싸는 맛에 묻어 있는 추억 때문일 것이다. 홍시를 보면서 시인 박재삼은 자신을 반성했고, 가수 나훈아는 엄마가 그립다고 했고, 나는 고향을 떠올렸다.

　전국에서 감 최대 생산지인 청도는 경북의 남쪽 끝자락에 있다. 내 고향 경남 창녕과 그리 멀지 않은 곳이다. 그런 까닭에 내가 홍시를 생각하면서 고향을 떠올리는 건 당연한 일이다. 또한 청도와 창녕을 연결하는 국도의 일부 구간에 있는 가로수조차 감나무이다.

청도에서 마흔 살에 인생의 새로운 길을 결단했다는 농업회사법인 감이랑의 홍상선 대표를 만났다. 그는 청도의 소싸움 대회와 관련된 직업을 가졌지만 소싸움 대회는 도박 산업의 성격이 농후한 탓에 청도의 감을 소재로 토털 브랜드 '감이랑'을 만들어 제2의 인생을 개척했다. 아직 매출은 많지 않지만 이미 획득한 특허만 3개이다. 그의 철저한 준비와 열정은 성공을 예감할 수 있었다.

감에 인생을 걸다

홍상선 대표의 고향은 강원도 태백이고 그의 아버지는 광부였다. 육남매 중 막내였던 그는 부모의 교육열 덕분에 대구에서 대학을 다녔다. 대학을 졸업하고 소싸움 경기장을 운영하는 우사회에 입사해서 7년간 근무를 했다. 우사회는 소싸움 대회가 축산 발전에 기여한다고 홍보했지만 사업의 추진 과정 중에 발생한 도박 사업의 폐해, 경영권 다툼 과정에서 나타난 파행적 인사를 알게 되었다. 이에 대항하기 위해 노동조합을 결성했고 조합 활동을 하면서 세계관이 변했다.

보람 있는 일을 해 보고 싶다는 고민에 빠졌고 여러 과정을 거쳐 인생의 항로를 바꾸기로 결심해 회사를 그만두었다. 2006년에 청도로 이사한 그가 선택한 사업은 감이었다. 지역에 부존 자원이 풍부했기 때문이라고 감을 선택한 이유를 간단히 말했다.

경북 청도는 씨 없는 납작한 감으로 유명하다. 감의 모양이 쟁반처럼 납작하다 하여 반시라는 이름이 붙었다고 한다. 이러한 청도군에서 청도 반시는 해외로 수출하는 등 농가 소득 증대에 효자 노릇을 한다. 청도 반시는 아이스 홍시, 감 말랭이, 감 카스테라, 감 와인 등 다양한 상품으로 개발되어 국내외 시장에 진출했다.

청도에서는 전체 농가의 절반이 넘는 가구가 감을 재배하고 국내 떫은 감 생산량은 30퍼센트로 최고 수준이다. 청도에는 수령이 450년 이상 된 감나무가 있으며 특히 100년 이상 된 감나무가 지금도 반시를 생산하고 있다고 하니 과연 감의 고장이다. 만일 그가 봉화로 이사를 갔다면 송이나 산나물에 관심을 가졌을 것이고 충북 청양으로 갔다면 고추에 관심을 가졌을 것이다.

그런데 그는 농사를 지어 본 적이 없었고 감을 따 본 적도 없었다고 한다. 때마침 지역의 농업기술센터에 청도 반시 아카데미 1년 교육과정이 개설되었고 그는 교육생이 되었다. 그는 감의 생산과 가공에 대한 교육을 받으면서 감에 대한 이해와 지식을 넓혀 나갔다.

토털 브랜드 감이랑

그 후 그는 '감이랑'이라는 상표를 등록하고 청도 반시를 모두 취급했다. 다시 말해 감이랑은 감식초, 감 말랭이, 곶감이 되기 전 상태의 반건시, 감잎차, 감 염색 제품, 곶감, 감 와인 등의 토털 브랜드였다. 개별 농가들의 생산물을 모아 브랜드화를 하여 소비자들이 믿고 먹을 수 있는 제품을 취급하려는 것이었다.

감이랑은 감 재배가 많은 청도군에 신활력사업으로 청도 반시 산업화를 신청해 3년간 지원을 받았으며 이와 관련해 대통령상도 받았다. 핵심은 가능하면 가공률을 높이는 데 있었다. 그래서 감 말랭이와 반건시 등의 1차 가공 제품의 생산량도 늘어나는 추세다. 감이랑은 감 말랭이 등과 더불어 그들만의 가공 제품 개발로 새로운 장을 열고 있다.

가공률을 높이는 것이 농촌 산업 발전의 핵심이라고 할 수 있습니다. 청도 지역은 홍시 생산량이 전국의 30퍼센트, 경북 생산량의 60퍼센트를 차지합니다. 연간 약 3만 7천 톤에 달하고, 재배 농가는 5,360가구 정도나 됩니다. 하지만 가을, 겨울에 한정되어 생산되는 감으로 사업을 한다는 것은 처음부터 수익성이 떨어지는 한계가 있지요. 농산물 가공은 계절에 상관없이 감을 소비할 수 있도록 만들어 주므로 매우 중요합니다. 여기서 감 가공과 관련해 가공 시기의 인력난과 가공 인력의 전문성에도 문제가 있습니다.

감을 가공하려면 감의 껍질을 깎는 박피 과정이 필수적인 공정이다. 그래서 감이랑은 2009년 농업인 기술 개발 과제에 응모하여 자동 박피기를 개발했다. 자동 박피기가 나와 감 가공을 하면서 대두되었던 인력난을 조금이나마 해소할 수 있었다.

발로 뛰는 유통

감이랑의 주력 상품은 감 말랭이와 반건시이다. 감 말랭이는 씨 없는 청도 반시를 3~4등분해 깨끗하게 건조한 것이다. 간식처럼 먹을 수 있는 감 말랭이는 계절적 한계를 극복하기 위한 감 가공품 중 하나이고 OEM 방식으로 생산한다. 감을 키워 말랭이를 제조하도록 의뢰를 해서 생산한다. 이렇게 생산된 감 말랭이는 KTX, 새마을호 등 트레인 숍Train Shop에 납품하고 있다. 기차 안에서 소비자가 상품을 주문하면 하차를 할 때 상품을 찾아갈 수 있는 시스템으로 운영된다. 이미 8개 역사에 오프라인 트레인 숍을 구축하였다.

반건시는 타 지역과 달리 자연 건조 방식이 아니라 기계 건조 방식이다. 그래서 반건시는 3일 만에 제조할 수 있어 가공의 횟수를 최대한 늘릴 수 있고 공급량을 많이 확보할 수 있다. 반건시의 주력 판매 경로는 온라인과 백화점이고 연말연시에는 선물 시장에서 직접 판매했다.

어떠한 일이든 그러하듯이 열심히 발품을 팔아 거래처를 개설하는 방법밖에 없습니다. 품질관리를 잘해서 고객을 만족시키는 데 집중하는 것이 바람직하다고 생각합니다. 온라인 마케팅은 그동안 외부 협력 업체에 의존한 판매 방식에서 벗어나 좀 더 공부를 하여 온라인 마케팅을 회사에서 직접 할 수 있는 노하우를 축적해 나가고 싶습니다.

청도는 유난히 감나무가 많다. 이토록 많은 감나무들이 지역을 대표하는 사업으로 이어질 수 있다는 것은 희망이 지역에 도사리고 있다는 뜻이다.

그는 추석과 설날 외에 판매할 수 있는 시기로 감사의 달 5월을 잡았다. 이처럼 그는 감 말랭이와 반건시의 판로를 더 개척하려고 준비하고 있다. 판매 시기가 한정되어 있기 때문에 비수기의 시장을 적극적으로 공략해 볼 계획이다.

또한 2011년에는 그동안 형성된 고객 DB를 바탕으로 고객 관계 관리CRM를 강화하려고 한다. 더 나아가 고객을 대상으로 유휴 농지의 감나무를 분양해 보는 계획도 세웠다. 고령화로 휴경지가 되는 유휴 감나무 밭을 임대해 도시의 가구에서 감나무를 한 그루씩 키워 보고 감을 따 보는 체험을 할 수 있도록 하는 것이다.

1사 1농 기업 운동이 필요하다

농업회사법인은 외부인들의 출자 한도가 4분의 3까지 가능하다. 하지만 업무 집행권은 농업인이 2분의 1 이상이 되도록 제도적 장치를 해 놓았다. 대기업의 횡포를 막고 경영권을 보장하기 위한 장치이다. 사실상 농업 기업에 대한 투자가 많지 않다. 대기업이 약간만 투자한다 해도 안정적 공급원이 될 수 있고 상생할 수 있다. 그는 함께 투자해서 농업 기업을 키운다면 살기 좋은 농촌이 된다고 했다. 또한 그는 농촌이 살기 위해서는 단순한 1사 1촌 운동을 넘어서 자금과 기술을 제공하는 1사 1농 기업 운동이 필요하다고 주장했다.

1사 1촌 운동이 활발하지만 저는 조금 공허하게 느낍니다. 농업 기

업이 발전하려면 R&D나 경영 기법의 문제가 중요한데, 그런 면에서 1사 1촌 운동은 농업 기업에 크게 도움이 안 되거든요. 그보다는 1사 1농 기업 운동을 하면 어떨까 싶습니다. 농업 기업이 보다 구체적으로 지역에서 자리 잡을 수 있도록 도움을 주는 것이지요. 1사 1촌 운동은 취지는 좋지만 너무 막연하고 그 지역에 무엇을 지원할 것인지 구체적이지 않습니다. 도시에 있는 기업들과 농업 기업을 연결해 준다면 기술 이전이 가능해질 것입니다. 결국 지금은 농업 기업이 겨우 1차 가공 산업 수준에 그치고 있는데 고기술이 결합되면 달라지겠지요. R&D를 함께 연구하거나 자본 투자를 한다면 더 좋겠지요.

그는 자금과 기술을 제공할 수 있는 1사 1농 기업 운동이 고령화 사회와 고용 없는 성장의 시대에서 농업과 농촌의 문제를 해결할 수 있는 대안이라고 여겼다. 농업 기업이 성장하면 고용이 창출되고 젊은 인력이 농촌으로 돌아올 것이라는 게 그의 의견이었다.

그의 앞길이 밝으리라 생각되는 건 그의 공장에서 맛본 맛있는 감 때문만이 아니다. 짧은 사업 경력이지만 누구보다 자기 사업에 대해 충분히 고민하고 공부하는 그의 노력 때문이다. 그저 막연히 농촌이 어렵다는 생각에서 벗어나 농촌을 위해 진지한 고민을 해야 할 시점이다. 그 고민은 당연히 농촌 사람들과 함께해야 한다. 그가 제안하는 것처럼 1사 1농 기업 운동도 농촌과 함께할 수 있는 좋은 방안 중의 하나이다.

시골에서는 감나무를 으레 많이 볼 수 있는데 청도는 유난히 감나무가 많다. 이토록 많은 감나무들이 지역을 대표하는 사업으로 이어질 수 있다는 것은 희망이 지역에 도사리고 있다는 뜻이다. 나는 청도에서 고향을 떠올리며 잘 익은 홍시를 한입 베어 물었다. 일찌감치 감 사업의 가능성을 보았던 홍상선 대표처럼 미래를 준비하는 젊은 사람들이 고향에서 희망이라는 달콤한 맛을 보았으면 좋겠다.

장류 제조 업체가 살아야 지역 농가가 산다

__ 순창장류연구소

 고추장, 된장, 청국장, 간장, 쌈장 등이 장류에 속한다. 예전에는 순창이 고추장으로 유명했지만 지금은 장류로 확대되었다. 순창은 장류 특구 지역으로 지정되었고 특구 지역의 로고를 Yeastopia(발효 천국)라고 붙였다. 로고에서 알 수 있듯이 순창은 장류 메카, 발효 천국으로 통한다.

 장류를 개발하고 발전, 육성하고자 순창군은 2004년 7월 순창군 장류개발사업소를 산하기관으로 신설했다. 예전에는 식품 업체 및 업소를 담당하는 위생 파트에서 장류 개발을 담당했는데 지자체가 이에 대한 규모를 더 키운 것이다. 장류 특구나 신활력 사업, 체험 사업을 견학하려는 타 지역의 공무원이나 기업체, 학생 들이 순창을 많이 찾게 된 발단이었다.

 그 후 지자체는 된장과 고추장 등 장류의 효능 검증과 품질 개선을 목적으로 2006년 3월 순창장류연구소를 개소했다. 연구소에는 제조 업체와 공동으로 제품을 개발할 수 있는 검사 연구실과 장류를 생산할 수 있는 파일럿 플랜트 시설, 세미나실, 마케팅실, 홍보관 등이 있다.

순창의 장류를 세계화하려면 제품의 우수성을 우선적으로 확보해야 한다. 홍보는 물론이고 기업인들의 경영 마인드를 바꾸고 교육을 통해 문화 산업을 전파해야 한다. 이러한 목적을 달성하기 위해 장류연구소는 지역 주민들과 기업체들을 대상으로 다양한 기술 교육, 순창 장류 제조 이론과 실습 교육 등을 꾸준히 실시했다.

장류연구소의 힌금수 소장은 교육 사업 중 다문화 가정의 여성들을 대상으로 장류 전문 교육을 했을 때 가장 크게 보람을 느꼈다고 밝혔다. 그녀들이 이국에 와서 한국의 장류와 식문화를 배움으로써 순창의 구성원으로 자리매김할 수 있는 기회를 가졌기 때문이다. 이러한 교육과정을 마친 뒤 일본인 우메모토 야즈키(순창 팔덕) 씨와 중국인 김영숙(순창 쌍치) 씨가 국내 최초로 순창 전통 고추장 제조 기능인이 되었다.

지역적인 한계에도 불구하고 국내외적으로 상당한 수준의 연구 인프라와 인지도를 확고히 다진 장류연구소에서 전통 식품으로 만든 지역의 희망을 엿볼 수 있었다.

장류 사업의 경제적인 효과

2004년 12월 31일 대한민국 1호로 순창 장류 특구가 지정되었다. 지방자치단체별로 특화된 사업을 진행하면 정부는 재정적 지원보다는 특화 산업을 육성하는 데 필요한 규제를 완화해 줌으로써 지역 산업의 발전을 꾀하고자 했다. 예전에는 순창 지역의 고추장이 진상되었다는 표현을 쓰거나 전통 비법으로 생산했다는 말을 쓸 수 없었다. 그런데 특구에서는 그런 표현을 쓸 수 있고 농업 진흥 지역의 절대농지 해제가 가능해졌다. 특구로 지정되는 것 자체만으로 홍보가 되고 국가가 재정 지원을 할 가능성이 높아졌다. 지역 혁신 산업의 기반이 되는 등 간접적인 효과가 커졌고 장류 기업 창업을 좀 더 순조롭게 추진할 수 있었다.

원료라 할 수 있는 콩, 고추, 매실 등의 계약 재배 구매액이 2004년도는 9개 업체에서 9천만 원에 시작되었지만 꾸준하게 계약 재배가 확대되어 2010년에는 29개 업체 16억여 원으로 증가했다. 순창산 고추는 단가가 비싸서 제조 업체들이 꺼리지만, 순창산과 타 지역에서 생산된 고추 구매액이 차이가 나는 만큼 차액 60퍼센트를 보조해 주고 있다. 이를 통해 청정원과 일부 큰 기업들이 순창산 고추를 약 15억여 원어치 구매하고 있어 지역 농가에 큰 보탬이 되고 있다.

계약 재배 확대로 콩과 고추의 재배 면적도 계속 늘어났다. 2004년 콩의 경우 208헥타르에서 2010년 603헥타르, 고추는 583헥타르에서 2010년 613헥타르까지 늘어났으며 단위 면적당 생산량도 크게 증대되어 쌀보다 훨씬 많은 수익을 얻게 되었다.

전통 제조 업체에는 350여 명이 근무하고 청정원을 비롯한 중대형 기업에는 300여 명이 근무한다. 대기업보다 전통 제조 업체가 고용 효과가 크다고 볼 수 있다. 민속 마을 내에서도 차이가 있지만 규모가 작아 용돈 벌이를 하는 곳이 있고 규모가 있는 기

예전에는 순창이 고추장으로 유명했지만 지금은 장류로 확대되었다.
순창은 장류 특구 지역으로 지정되었고 특구 지역의 로고를 Yeastopia(발효 천국)라고 붙였다.
로고에서 알 수 있듯이 순창은 장류 메카, 발효 천국으로 통한다.

업도 있다. 풍산면에 농공 단지를 만들었는데 사조산업이 2010년 12월 준공되어 현재 50여 명이 근무하고 있다. 이후 지속적으로 고용을 늘릴 계획이며 향후 절임류 공장 건립도 검토하고 있다. 이것도 특구로 선정된 효과이다.

전통 식품의 새로운 스토리를 만들다

장류연구소가 짧은 기간에, 국내 장류 산업을 이끌어 갈 만큼 상당한 수준의 연구 인프라와 인지도를 확보한 이유가 있다. 고추장, 된장을 비롯한 전통 식품의 새로운 스토리를 만들어 줌으로써 국민적인 관심을 모았기 때문이다.

우리의 전통 식품이 우수하다는 막연한 주장을 장류연구소는 과학적으로 증명하고 순창 고추장이 왜 맛있는지 고추장 메주를 하나의 이야기로 만들어 알려 주었다. 연구소는 전통적으로 음력 처서 전후로 만드는 고추장과 메주에 단백질에서 글루탐산을 만드는 바실러스Bacillus 이야기를 덧붙였다. 그래서 발효 중 생성되는 비타민 B$_{12}$, 비타민 K 등의 기능성을 순창의 장수 고을 이미지와 연계시켜 장류의 우수성을 홍보했다.

여기에 지역 연고 산업RIS을 중심으로 국내외 산학 연구 기관 40여 개와 네트워크를 구축하고, 장의 표준화와 규격화, 신제품 개발, 디자인 개선, 기업체 애로 기술 해결 등 기업체 맞춤형 사업들을 전개해 나가 대외적인 인지도를 다졌다. 이러한 결과 호박, 우엉, 브로콜리를 이용한 장류, 쌀된장, 즉석 우거지 된장국,

발아콩 된장, 청국장 쿠키, 홍국 고추장 소스, 절임 용기 개발 등 다양한 신제품을 개발했다. 특히 청국장 쿠키 등 8개 제품은 사업화에 성공시켜 매출을 향상하는 역할을 했다. 뿐만 아니라 장류연구소는 16개의 R&D를 수탁 수행했고 11,525건의 시험 분석, 168건의 애로 기술 지원, 1만여 건의 장비 이용 지원 등을 통해 지역의 역량을 강화시켰다.

장류연구소는 무엇보다 우수성의 핵심이 되는 미생물에 대한 분리를 통하여 고초균Bacillus subtilis 68균주, 황국균Aspergillus oryzae 20균주 등 우수한 미생물 자원을 확보하여 특허를 출원함으로써 국내 장류 산업이 성장할 수 있는 기틀을 마련했다. 아울러 농림부, 과기부, 중기청 등으로부터 '장류 명품화 기술 개발 및 우수성 입증' 등 국가 지원 R&D 과제 주관 기관으로 선정되는 등 장류 분야에서는 연구 능력과 노하우를 대내외적으로 인정받았다.

지역 농가를 살리는 방법

그동안 장류연구소는 외국인이 먹기 힘든 고추장을 소스로 만들기 위해 연구했다. 외국인들이나 아이들이 쉽게 먹을 수 있도록 맵지 않은 소스를 개발하려고 한 것이다. 청국장도 환이나 가루로 만들어 사시사철 먹을 수 있도록 연구했다. 냄새가 나지 않도록 가루나 환으로 만들면 영양상의 손실을 최대한 줄일 수 있다. 청국장에 기능성을 높이기 위해 순수 분리한 고초균을 사용하거나 복분자, 매실 등을 첨가하면 맛과 영양은 더해지고 냄새

는 사라진다. 이러한 연구를 통해서 상품이 개발되어 판매되고
있다.

이러한 연구 개발을 통해 산업의 규모가 커졌다. 외국에 수출
되는 소스의 물량은 3억여 원 정도로 아직은 적은 편이다. 2005년
에는 영국의 캠던Camden연구소와 함께 유럽인들의 입맛에 맞는
제품을 판매할 수 있도록 레시피를 다양화했다. 이런 노력을 통
해 더 많은 물량의 수출 가능성을 열어 놓고 있다. 향후 고추장을
활용한 소스의 수출을 10억여 원 이상 기대하고 있다.

지역 농가를 살리려면 기본적으로 장류 제조 업체가 살아야 한
다. 또한 장류연구소가 연구 개발을 활성화해서 기능성 제품을
많이 만들어야 한다. 소비자에게 접근할 때도 전통 식품을 찾는
소비자와 대기업 제조 식품을 찾는 소비자를 구분해 다르게 접근
해야 한다. 장류연구소는 지적 재산 확보와 브랜드 개발을 위해
노력하고 있고 향후 웰빙 관광단지 등을 추진할 계획이다.

순창에서는 장류 산업을 문화 산업과 연계하기 위해 장류 축제
를 개최했다. 2004년에 시작한 고추장 축제를 2006년부터 장류
축제로 확대해서 개최했다. 장류의 정체성 확보를 위해 다양한
체험 프로그램을 통해 차별화한 결과 매년 15만여 명이 찾는 관
광 축제로 발돋움했고, 2010년도에는 문화관광부 우수 문화 관광
축제로 선정되기도 했다.

일반 공장에서 생산하는 제품과 달리 전통 산업의 제품은 숙성
하는 기간이 소요되기 때문에 매출을 바로 낼 수 없다. 장류도 마
찬가지로 6개월 내지 1년 정도 숙성시켜야 한다. 한 제품이 나오
는 데 1년 이상이 소요되기 때문에 매출이 가시화되기까지 기다

순창장류연구소는 지역적인 한계에도 불구하고 국내외적으로
상당한 수준의 연구 인프라와 인지도를 확고히 다졌다.
장류연구소에서 전통 식품으로 만든 지역의 희망을 엿볼 수 있었다.

려야 한다. 그렇기 때문에 장류연구소는 장류 연구 개발 및 홍보 마케팅 등에 갖가지 노력을 한다.

전통 식품을 세계화하라

장류연구소는 개소 이후 꾸준히 장류의 과학화, 안전화, 건강 기능 강화와 다양한 홍보 마케팅을 실시했다. 그래서 세계 5대 건강식품인 콩을 활용한 장류를 세계 시장에 꾸준히 알렸다. 장류연구소는 순창 장류의 세계화를 위해 연구 및 생산 시설 확충에 힘썼고 2010년 6월 국내 최초로 HACCP 메주 공장을 준공할 수 있었다. 메주 공장은 발효 식품에서 분리시킨 우수 미생물과 발효 기술을 활용한 제품을 생산하여 순창을 비롯해 전국 제조 업체에 메주를 공급할 예정이다. 이처럼 장류의 표준화가 실현되면 우리의 장류는 세계적인 식품으로 거듭날 수 있다.

현재 장류연구소는 새로운 전략과 비전을 준비하는 중이다. 이원화되었던 연구와 식품 산업 진흥 파트가 지난 2010년 8월 군 산하기관 조직이 개편되면서 장류식품사업소로 일원화되었다. 그래서 더욱 탄력적인 장류 산업 진흥이 가능해졌다. 또한 장류연구소는 '세계인이 사랑하는 장醬' 이라는 비전 아래 '타겟&디자인' 전략을 세웠다. 이것은 글로벌화가 될 수 있는 기업은 글로벌화로, 소규모 업체는 가내수공업 방식과 전통을 철저히 유지하면서 명품화로 육성하겠다는 투 트랩two trap 방식이다. 또한 2011년부터 국가 지원을 받아 고추, 콩 등의 원료에서부터 기능성이 강화된 품종 개발, 특정 성분이 강화된 된장과 청국장 개발 등 맛과 영양을 디자인하여 시장에 침투할 전략을 세웠다.

장류연구소는 그동안 구축된 산·학·연 네트워크를 활용하여 아직까지 체계화되지 않은 절임류에 대한 과학화 작업을 진행하고 있다. 이러한 연구소의 노력은 지역 경제를 활성화하고, 순창이 발효 식품의 메카로 자리매김하는 데 힘이 되어 줄 것이다. 이지영 연구사는 "일본의 기코망이 1960년대부터 추진했던 세계화 전략이 결실을 맺기까지는 20여 년이 걸렸다"며, "출발한 지 얼마 안 된 순창이 가시적인 성과를 내기 위해서는 시간이 필요하겠지만 스테이크에 타바스코 소스 대신 고추장 소스를, 고추장 파스타, 된장 쿠키를 세계인이 즐길 수 있는 날이 올 것"이라고 여운을 남겼다.

강장 식물 양파와 신의 식품 장류의 탁월한 결합

__ 창녕 양파바이오특화사업단

교수로서는 논문 한 편 제대로 쓰지 못하고 병이 났습니다. 그렇지
만 창녕 양파바이오특화사업단 RIS(지역 연고 산업 육성 사업)라는
것이 내 평생의 지식을 가지고 우리 지역을 먹여 살릴 수 있는 일
이었습니다. 이번에 그 성과를 인정받아 지식경제부 장관상을 받
으면서 보람을 느꼈습니다.

창원대학교 차용준 교수는 RIS로 지역 업체의 수익을 증대하
고, 지역 경제가 발전하는 데 기여했다. 1차 생산물 '양파'에 다
양한 기술을 접목해 특허를 내고 상품으로 가공했다. 이렇게 생
산된 양파는 지역 경제 발전과 활성화에 큰 도움을 주었다. 창녕
군은 전국에서 매우 낙후된 지역 중의 하나여서 더욱 주목을 받
았다. 강장 식물 양파와 신의 식품이라고 하는 장류를 연결했던
양파 장류 산업을 이끈 차 교수를 만났다.

지역 연고 산업 육성 사업 RIS의 시작

차용준 교수와 양파 장류 사업의 인연은 지난 2004년 11월로 거슬러 올라간다. 발효의 메카라고 할 수 있는 전주에서 국제 발효 심포지엄에 참석한 차 교수는 수산 발효 식품에 관한 논문을 발표했다. 마침 창녕군 측에서 학회에 참석했고 2005년 1월 창녕군 측은 그에게 창녕 지역의 양파를 살릴 수 있는 방법을 제안했다. 제안을 받아들인 차 교수는 창녕을 한 달가량 둘러보았다.

전남 무안은 전국 양파류의 40퍼센트를 생산하고 전북 순창은 장류를 오래전부터 연구해 왔기 때문에 이미 유명했다. 창녕군의 양파에 의미를 부여할 수 있는 방법은 양파와 장류를 결합시키는 것이었다. 그렇게 산업자원부(현 지식경제부)에 사업계획서를 제출했고 지역 특성화 사업으로 선정되었다. 같은 해 7월부터 창원대학교가 주관 기관으로 창녕 양파바이오특화사업단(이하 사업단)이 운영되었고 차 교수가 단장을 맡았다.

RIS는 지역의 특성과 여건에 맞는 산업 육성을 위해 산·학·연 등의 지역 혁신 주체가 기술을 개발하고, 전문 인력을 양성하고, 기업을 지원 서비스하고, 네트워킹을 할 수 있도록 다양한 산·학·연 협력 요소를 연계 추진하는 패키지형 사업으로 지식경제부가 주관한다. 2004년부터 2010년 말까지 전국에서 총 126개 사업이 선정됐으나 여러 사업단이 탈락해 현재는 76개 사업단만이 RIS를 수행하고 있다.

사업단은 RIS로 지식경제부에서 8억 원, 창녕군에서 2억 원, 창원대학교에서 5천만 원을 지원받았다. 이를 토대로 대한민국 향토 산업의 표본을 만들어 보고자 했다. 이러한 지원을 받아 몇 년 간 사업을 추진하면 자립을 할 수 있다.

창녕군의 양파 생산량은 전국의 7.6퍼센트, 경남의 40퍼센트를 차지한다. 또한 전국에서 69번째로 낙후된 지역이므로 산업 단지를 만들어 창녕의 농민을 궁극적으로 살릴 수 있는 방법을 모색했다. 지역에 분산된 공장이 260여 개이다. 그중 식품 공장은 양파 즙을 짜고 파우치를 만드는 곳, 치킨 만드는 곳을 포함해서 60개이다.

양파 관련 사업을 한곳에 모아 단지를 만들어야 합니다. 작은 농공단지만 있어도 사업을 하기에 충분하죠. 너무 커지면 투기가 되기 때문에 곤란합니다. 그리고 창녕에는 농업기술원 산하의 양파연구소가 있는데 육종 위주의 연구가 활성화되어 있습니다. 이 연구소는 창녕의 산업 단지 안에 들어와야 제대로 기능을 할 수 있다고 봅니다. 특성화 사업으로 각 연구소에 몇 십억 원씩 지원을 하는데 순창의 장류가 혜택을 받았죠. 창녕의 양파연구소가 가공 단지를 지원한다면 보다 더 효율적일 텐데 육종育種을 중심으로 움직입니다. 한국에 들어오는 양파의 종자가 일본의 터보산입니다.

HACCP(위해 요소 중점 관리 기준) 지정으로 원료의 품질 규격화 및 가공 단계의 표준화가 이루어져야 한다. 또한 RIS와 같은 시기에 진행된 신활력사업으로 포장 설비 지원이 진행되어야 한다. 이 지역에서 나가는 모든 상품에 군과 대학이 인증한 포장지를 사용하면 브랜드화가 될 수 있고 농촌의 자립이 가능해진다.

고추장, 된장 용기를 찍어 내는 금형 하나만 해도 수천만 원이 든다. 따라서 사업단에서 독자적으로 장류용(된장 용기 및 고추장 용기) 금형을 제조하여 업체들에게 나누어 줄 목적으로 디자인하고 금형을 특허 등록했으며, 창녕의 브랜드 '맛울림'을 부착하고, 창원대학교 창녕 양파바이오특화사업단이라는 로고를 부착했다. 현재 공동 용기를 활용하여 장류 관련 업체에서 국내외로 판매한다.

양파 사용량이 늘어나다

사업단은 1단계 사업(2005~2007년)을 종료한 후에 2단계 사업(2008~2010년)을 시행했다. 이때 총 6개의 업체가 창업 및 전환되었고, 1개의 산·학·관 제조 법인인 (주)우포의아침이 탄생했다. 또한 78명의 고용 증대와 453억 원의 매출이 이루어졌다. 수출 지역도 확대되어 신규 수출 거래선 46건이 확보되었다.

사업단에서는 '오니웰'이라는 창녕 양파로 만든 추출액을 개발하여 식품의약품안전청에 건강 기능성 개별 인증형 등록을 마쳤다. 즉 오니웰을 먹으면 콜레스테롤이 저하되는 효과가 나타난다는 임상 실험 결과를 토대로 식약청으로부터 건기식으로 인증을 받았다. 이는 지역 농산물인 양파를 원재료로 하여 건기식 인증을 받은 최초의 제품이다.

현재 기술은 우포의아침에 이전했고, 2011년 4월부터는 (주)CJ에서 판매를 시작할 것이다. 또한 우포의아침에서는 전통 양파

강장 식물 양파와 신의 식품이라고 하는 장류를 연결했던 양파 장류 산업을 이끈 차용준 교수.

"창녕 양파바이오특화사업단 RIS라는 것이 내 평생의 지식을 가지고
우리 지역을 먹여 살릴 수 있는 일이었습니다."

술 및 막걸리 탁사마를 개발하고, CJ에서 전국적인 공급망을 갖추고 시판하면서 일부는 일본에 수출한다.

그동안 양파 사용량이 낮았는데 가공 업체들이 들어오면서 크게 늘었다. RIS 결과 한 해 만에 19억 원의 매출이 증대되었고 큰 업체가 견인차 역할을 했다. 양파 사용량은 2005년 97톤이던 것이 2006년 110톤으로 늘어났다. 2009년이 지난 후에는 471톤이 사용되어 2005년 대비 430퍼센트 이상으로 증대되었다.

이러한 양파 사용량은 현지 20여 개 업체의 가공량 기준으로 파악한 것이므로 실제 사용량은 더 많을 것으로 추정된다. 그만큼 현지 가공량이 늘어났기 때문에 양파 가격의 변동이 심한데도 불구하고 안정적인 생산과 소득이 가능해진 것이다. 2차 가공 산업을 통해 1차 산업을 안정화한 것이라 할 수 있다. 특히 농가들에게 계약 재배량을 늘려 주는 계획을 추진하고 있다는 데 의미가 크다.

1킬로그램당 130원에 들여온 중국 양파는 소비자에게는 600원에 판매된다. 그만큼 유통 업자들이 이윤을 남긴다. 지리적 표시제 때문에 여러 곳을 실험했는데, 중국산에 비해 무안, 창녕의 양파 등 우리 양파가 좋다는 것이 입증되었다. 셀레늄 등 기능에 좋은 요소가 많고 실험 결과 항암 효과가 있어서 중국산과는 차별성이 있다. 또한 상품 이력제로 생산 농가를 추적할 수 있어 더욱 안심이 된다. 현재 창녕 양파는 양파 부문 최초로 지리적표시제 제30호로 등록되어 유통 중이다.

이익을 창출하는 사업단

　사업단은 기술 개발을 해서 업체에 넘겨주는 실적을 만들었다. 그렇게 해서 생산된 제품이 2단계 사업(2008~2010년)에만 34개 기술 개발을 했고, 이중 사업화 건수가 32개이다. 이러한 사업화로 인한 매출액은 7억 원이다. 2006년에 추석을 겨냥해 만든 선물 세트 1, 2호는 양파로 만든 고추장, 된장인데, 창녕군의 브랜드 '맛울림'으로 새롭게 만들어졌다. 품질 인증을 받을 수 있는 제품들만 사업단에서 내놓은 것이다. 2005년에 생산된 일부 제품은 미국과 일본 등지로 수출되는 성과를 거두었다.

　사업이 시작된 1차 년도에는 무상으로 기술을 제공했지만 매출이 늘어날 때 사업단과 로열티 계약을 했다. 그래야만 사업단이 지속 가능한 수입원을 만들 수 있기 때문이다. 심지어 사업단은 식품 회사들에게 자체 연구소를 만들도록 권유했다. 또한 2006년에는 식품 위생 교육을 벤치마킹하기 위해 (주)해찬들, 순창 장류 공장 등을 방문했다. 가공 공장이 HACCP 지정을 받을 수 있도록 노력한 것이다.

　그 외에 사업단의 협력 업체인 계성영농법인은 양파 국수를, 모곡영농법인은 양파 엑기스를, 운창농산은 친환경 농산물 제품을 생산 유통하고 있으며, 고암제다원은 양파 잼, 양파 식초, 양파 절임 등을 만들고 있다. 이처럼 여러 업체들이 양파를 이용한 다양한 아이템을 가지고 사업단에 들어왔다. 그러므로 사업단의 이익 창출은 곧 업체들 이익으로 돌아간다고 할 수 있다.

RIS는 계속된다

생산지에 있는 농민들은 이메일을 사용할 줄을 몰랐는데 지금은 우리 이메일을 받아 볼 정도로 숙달되었습니다. 사업단에서는 이메일이나 뉴스레터를 보냅니다. 동시에 사업단 홈페이지에 최신 식품 정보와 해외 식품 정보가 있지요. 또한 산업진흥원 등의 사이트와 연결되어 있어 여러 가지 정보를 한눈에 볼 수 있습니다. 온라인을 통해 애로 사항을 말해 주면 전문가들이 실시간으로 연결되어 해결합니다. 즉 경남과 부산 지역의 교수와 현장 전문가를 농가에 연결하는 시스템입니다. 우리 사업단에서는 차비와 수당을 지급하고 있습니다.

현재 전국에 2만 5천 명의 뉴스레터 독자층을 확보하였고 격주로 온라인 소식지를 발송한다. 뉴스레터를 통해 다양한 식품 정보를 소개하고 설문 조사 등을 실시해 양방향 소통을 한다. 이러한 소통은 사업단이 RIS를 성공시킬 수 있는 기본 바탕이라 할 수 있다.

또한 RIS가 성공할 수 있었던 요인은 창녕군에서 헌신적으로 사업단을 믿었기 때문이었다. 관·산·학이 RIS를 위해 정기적으로 네트워킹을 하여 머리를 맞대고 힘을 합친 것이다. 타 지역에서는 정부의 지원금이 공짜로 나오는 자금으로 인식한다. 하지만 창녕군에는 이러한 인식이 없다. 오히려 R&D 사업은 연구로 끝내면 안 되고 지역에 개발된 기술을 전파해야 한다는 인식이 높았다.

경상남도가 투자한 경남무역이 마케팅을 맡았다. 또한 KOTRA 경남 무역관, 농산물유통공사 경남 지사가 도와주었고 농협중앙회가 연결되어 있다. 농산물유통공사는 해외 마케팅에서 많은 도움을 주었고, KOTRA는 해외 사업 사무소 개설 등의 조사를 하는 데 지원을 해 주었다.

사업단은 이러한 도움을 받아 일본 오사카와 베트남 등에 다녀오고 수출 약정을 이루었다. 사업을 수출 드라이브 정책export drive policy으로 해 보자고 하여 일본의 동경식품박람회에 참가했다. 그곳에서 (주)뉴그린식품이 계약이 되고 수출이 성사되었다. 또한 베트남의 남호치민 시에 위치한 롯데마트에 '창녕관'이 설치되어 창녕산 제품들이 판매되었다.

2010년에 사업단의 2단계 사업은 종료되었다. 하지만 2011년부터는 지식경제부의 정책에 따라 창원대학교 산학협력단이 주관 기관이 된다. 그래서 자립화 법인으로 만들어진 우포의아침과 함께 성과 활용을 수행하고자 성과 활용 계획서를 지식경제부에 제출했다.

이처럼 창녕에서 이루어진 다양한 양파 관련 사업은 지속적으로 진행되고 있다. 다시 말해 중앙정부의 지원이 없다 해도 그동안 발생한 수익금과 기술 개발을 통해 얻은 기술료 수입, 온라인 및 마케팅 수입 등을 이용해 앞으로 수혜 업체에 기술 지원 서비스를 하고, 해외 마케팅을 수행할 것이다.

2부
가공에서 대안을 찾다

연을 가공하는 수공업의 희망

__ 꽃빛향영농법인

그냥 흙냄새가 나는 농촌이 좋아서 잘나가던 사업을 접고 귀농했다는 서윤석 씨는 도시에 살 때보다 더 바빠졌다고 한다. 해마다 홍수가 나서 쓰레기가 쌓이는 강가에 연과 습지 생태를 복원하여 다양한 동식물이 서식하는 환경 생태 지구와 영농법인을 만들고, 관광 인프라를 만드는 데 눈코 뜰 새 없이 바빴다. 연, 야생화, 금광을 테마로 해서 다양한 상품을 개발하고 생산 기술을 확보하고자 하는 서윤석 씨를 만났다. 많은 사람들이 떠나간 농촌에서 그는 희망을 심고 있었다.

연으로 만든 마을

서울에 살던 서윤석 씨가 귀농한 서오지리 건넌들마을은 춘천댐으로 수몰되기 전 굉장히 번성한 마을이었다. 지금은 마을이 수몰되면서 10여 가구가 남았다. 마을을 지키는 연로한 사람들마저 세상을 등진다면 마을은 사라질 것이다. 마을의 풍광이 너무 좋아 들어왔는데 마을이 사라질 위기에 처하자 서윤석 씨의 고민이 시작되었다. 우선 마을 앞 수몰지의 수질을 정화해야 했다. 마을 주민들과 의논했다. 적조 현상과 수질 오염을 막고 수질 정화를 하면서 소득을 올릴 수 있는 '연'을 발견했다.

연 농사를 시작하면서 수생 생태 복원를 테마로 잡았다. 지청천 상류는 군부대와 농사 등으로 오염이 되었는데, 그 물이 연 단지를 통과하면서 정화가 될 것이라 기대했다. 또한 연으로 소득을 낼 수도 있는 일이었다.

3년 동안 물 관리 방법, 수로 틀기 등의 시행착오를 겪었다. 시행착오를 줄이기 위해서 전국을 돌아다니며 조사를 했고 전문가의 자문을 받았다. 지금은 마을의 10가구가 연 작목반이라는 클럽을 만들어서 공동 사업으로 수익을 낸다. 수익은 배분을 하지 않고 전액 재투자를 했다. 그때그때 품삯만 줄 뿐이었다. 2010년에는 2,400만 원의 매출을 냈고 마을 사람들에게는 400만 원 정도 분배를 하고 나머지는 마을 사업에 재투자를 했다.

2008년에 연꽃 단지를 임시 개원했다. 탐방객들을 불러들이고 지역 농산물을 팔았다. 서오지리 마을은 연 사업으로 건넌들 연꽃마을이 되었고 살기 좋은 지역으로 선정되었다. 초창기에 군에서 연을 심을 것을 권유했기 때문에 연 사업에 드는 경비를 지원받을 수 있었다. 서윤석 씨는 연 작목반을 구성하기 위해 홀로 뛰어다녔는데, 마을 주민들을 설득하는 것은 쉽지 않았다. 그러나 연꽃이 피고 관광객이 찾아오니 주민들이 관심을 갖기 시작했고 드디어 10가구 18명으로 연 작목반을 구성할 수 있었다.

연꽃만 가지고는 테마가 부족한 것 같아 인근 마을에 사는 야생화 전문가를 불러 1만 평에 야생화를 소재로 원천리 동구레마을을 조성하기 시작했다. 2012년에 완공될 예정이다. 동구레마을에서 야생화 3천여 종을 키웠고, 2010년에 가을꽃 음악회를 열어 이틀간 간이 오픈을 했다. 또한 원천2리 들꽃마을의 들꽃 작목반에서 상품성 있는 야생화를 키웠다.

이렇게 마을의 각 세 작목반들이 모여 2006년에 설립한 것이 꽃빛향영농법인이다. 꽃빛향영농법인은 세 마을이 각각의 테마를 공유하고 수익을 장학 사업으로 내놓기로 했다.

꽃빛향의 천국

꽃빛향영농법인의 꿈은 매우 크다. 주민들이 공동으로 식당을 운영하고 농산물을 판매하는 음식 체험장과 연을 수공업으로 가공할 소공장을 준공했다. 1층 60평, 2층 30평 규모의 음식 체험장은 특산품 연으로 음식을 만들 수 있도록 도와주고, 90평 농산물 가공 공장은 술 공장, 연차 공장, 분쇄 건조 공장 등 가공 상품을 생산하기 위한 목적을 가지고 있다.

서윤석 씨는 연 농사를 지으며 인위적인 요소를 배제했다. 그래서 연이 자라는 곳에 토종 물고기를 풀고 참게도 풀었다. 동식물이 함께 살아가는 자연 생태 고리를 아이들에게 보여 주려는 것이다. 하여 습지 생태를 느끼고 배울 수 있도록 생태 프로그램을 개발하고 있다. 외국인을 대상으로는 2010년부터 시범으로 연꽃 체험을 실시하고 있으며, 2012년 이후에는 학생과 일반인을 대상으로 프로그램을 진행할 계획이다.

또한 주요 사업으로 그가 주목하는 것은 '꽃빛향'이다. '꽃'과 '금빛' 그리고 '향'이 영농조합의 명칭으로 사용되었다. 이러한 꽃빛향에서 먼저 향은 꽃과 자연에서 에센셜 오일을 채취한다는 것을 뜻한다. 이를테면 솔향이 나는 사탕, 비누, 화장품, 향수 등 다양한 제품을 만들 것을 목적으로 2006년에 시제품 아로마 비누를 만들었는데 곰취향, 소나무향, 연향 능 향을 채취해 낸다면 향비누 수십 개 종류를 수공으로 만들어 낼 수 있다. 오일은 들꽃마을의 주요 과제이다. 이를 위해 30평 공장에 향 성분 축출 기계를 설치하고 시험 가공했다.

두 번째는 빛이다. 이 빛은 금빛이다. 과거 일제강점기 때 마을에 금광이 있었다. 호주의 금광이 금을 캐는 것뿐만 아니라 금을 채굴하는 과정, 제련하는 과정 등을 관광객에게 보여 주는 프로그램을 운영하는 것을 보고 아이디어를 얻었다. 우리나라는 금 전문가들이 사라지고 있어서 금에 관련된 문화를 부활하고 재생시켜야겠다고 마음먹은 것이다.

금을 활용할 수 있는 프로그램을 위해 2009년 광업권을 확보했다. 이러한 프로그램은 채굴이 목적이 아니라 금맥, 사금 채취 과정 등을 관광객에게 보여 주기 위한 것이다. 사금 전문가와 현장 체험을 2회 실시했고 관광산업으로서의 가능성을 감지했다. 그러나 금 분야 전문가의 인적 인프라 형성은 쉽지만은 않았다.

세 번째는 꽃이다. 꽃은 차와 염색, 향 등으로 활용할 수 있고

꽃빛향영농법인은 서오지리 건넌들마을, 원천리 동구레마을, 원천2리 들꽃마을 세 작목반들이 모여 설립했다. 세 마을이 각각의 테마을 공유하고 수익을 장학 사업으로 내놓는다.

이외에도 공예품 등의 가공 분야가 무궁무진하다. 만드는 사람의 능력에 따라 상품은 다양할 것인데, 꽃빛향영농법인은 소량 다품종 상품을 지향한다. 이미 연 차, 연 술 등을 소량으로 생산했다. 매출 규모는 4, 5천만 원으로 아직은 미비하다. 대부분 축제 때나 관광 선물용으로 상품이 판매된다. 농촌에서는 지방자치단체와 연계해서 대형 프로젝트를 하거나 대기업처럼 대량 생산을 할 수 없으므로 수공 소량 다품종 상품을 선택한 것이다.

이렇게 생산된 상품은 마을에 관광객을 불러들여 판매한다는 전략을 세웠다. 그러자면 관광객이 비용을 들여 찾아올 수 있도록 각종 프로그램을 만들어야 한다. 즉 관광객을 겨냥한 체험 프로그램을 다양하게 기획하면 관광객은 자연스럽게 마을을 찾을 것이고, 마을에서는 자연적으로 소득과 연계될 수 있는 상업적 활동이 활발해질 것이다.

또한 지역 사업이 활성화되기 위해서는 지역사회와 함께하는 문화를 강화하는 게 우선시되어야 한다. 염색, 도예, 금속공예, 나무 조각가, 화가, 국악인 등 지역 예술 동호회를 자발적으로 만들어 지역 문화가 뿌리를 내릴 수 있도록 토대를 다졌다.

지역 사업은 범법자 사업?

연으로는 술과 차를 이미 만들어 시판했습니다. 이 밖에도 연근은 연근 조림, 국수, 빵, 떡 전분 등의 재료로 사용할 수 있어요. 또한 연 염색, 연씨를 이용한 공예품으로서 귀걸이 등을 만들 수도 있지요. 혈액 순환에 효과가 있는 연으로 연자죽을 만들면 수술 회복기에 도움을 줍니다. 이를 한국자원연구소의 한기종 박사가 연구 개발을 했습니다. 그 결과 연 음식 30여 종을 개발했습니다. 상품으로는 연 차와 연 과자가 있습니다. 연의 종자를 관광객이 가져갈 수 있도록 강원농업기술원의 노희선 박사가 연구를 진행하고 있고요. 현재 화분 화 종자 정립을 했고, 상품화하기 위한 기획을 하고 있습니다. 전체적인 생태 프로그램은 서울대 이윤주 교수가 우리 마을 자문역을 자청해서 그분과 상의해서 진행하고 있지요.

마을 주민들은 지역 사업을 활성화하기 위해 끊임없이 노력을 하지만 넘어야 할 산은 더 많이 남아 있다. 아직 생태 관광단지를 완공하지 못해서 일반 관광객을 대상으로 상품 판매를 할 수 없고 연 차, 연 과자는 판매할 준비가 되어 있으나 포장 방법을 일부 교체해야 한다. 또한 연 술은 기계 설비가 있지만 제품 생산 기술을 확립하고 보충해야 한다. 2010년에 농민주 허가 취득은 했지만 연 막걸리에 관한 국세청 주류 허가를 취득해야 생산을 할 수 있다. 연 염색은 개발 중이다. 연 식물세포를 분쇄하여 기초 재료로 활용하기 위한 초미분 기계를 도입해 앞으로 다양한 미분 개발을 할 예정이다.

지역에서 사업을 하면서 가장 어려운 점은 주민들이 모두 범법자가 된다는 점입니다. 마을에서 아이디어를 내어 사업을 시작하면 우선 지역 주민들의 동의를 얻기 힘들고 그 다음으로는 법규를 제대로 지키는 게 힘듭니다. 강원 일대에는 사업을 제한하는 법규가

해마다 홍수가 나서 쓰레기가 쌓이는 강가에 연과 습지 생태를 복원하여 다양한 동식물이 서식하는
환경 생태 지구와 영농법인을 만들었다. 많은 사람들이 떠나간 농촌에서 희망을 심는 사람들이 있다.

많아 하나하나 풀어 나가기가 여간 힘든 게 아닙니다. 산촌은 산림법, 강가는 하천법, 그리고 식품법이 요구하는 온갖 규제가 발목을 잡습니다.

국가 하천으로 편입된 관계로 원주 국토관리청에서 하천 점용 허가를 내주지 않는다. 하천법에 따르면 강가에는 관광객에게 필요한 편의 시설을 설치할 수 없고 연 심는 것조차 불가능하다. 그래서 원활한 생태 환경 조성에 문제가 발생하고 있다. 환경부 사업은 강원대에서 환경 생태 복원 사업 설계비를 확보했고 설계 후 조성 계획을 가지고 있으나 역시 국토해양부의 원주청 허가가 나야만 조성이 가능하다. 주차장, 마을 진입로 등은 마을에서 조성을 했으나 동구레마을과 연결 도로 문제로 법원에서 개인 벌금 300만 원을 내도록 조치했다.

서윤석 씨는 정부가 4대강 살리기를 진행하면서 생태 환경 복원을 하려는 마을 개발에는 반대하는 이유를 알 수 없다고 했다. 또한 마을에서 연 막걸리를 만들고 연 차를 만들어도 모두 범법이 된다. 식품위생법에서 인증을 받은 식품 공장만이 상품을 만들 수 있기 때문이다. 우리나라에는 농민들이 지키기 어려운 법이 너무 많다. 하여 지역 농촌이 살아날 수 있게 지자체에서 관리하는 품목만이라도 중앙정부에서 풀어 준다면 숨통이 트일 것이다. 이러한 난관들을 하나씩 풀어 나가는 것은 매우 힘들겠지만, 꿋꿋하게 마을을 살리는 서윤석 씨와 마을 주민들에게 위로와 격려의 박수를 보낸다.

삼부자가 양심을 걸고 만드는 평촌요구르트
__ 평촌목장

　평촌목장, 신씨 삼부자가 모여 행복한 젖소 세상을 만들고 있다. 평촌목장에서 생산하는 평촌요구르트에는 가족의 꿈과 희망이 고스란히 담겨 있다.

　대학에서 농업을 전공한 둘째 아들 준수 씨가 아버지와 함께 평촌목장에서 일을 하더니 회사원이었던 큰아들 강수 씨까지 가세해 삼부자가 본격적으로 요구르트를 제조하기 시작했다. 언제부터인가 떠먹는 요구르트를 연구하더니 어느새 시제품을 만들어 지역 내의 반응을 살폈다. 그리고 전문가의 평가를 받는가 하면 이곳 특산품인 흑향미를 첨가하는 등 맛과 상품성을 충분히 갖추었다.

　지역에서 가족 단위로 사업을 할 수 있는 것은 크나큰 복이 아닐 수 없다. 아버지 신관호 씨에게 아들의 존재는 위안이자 힘이 될 것이다. 마찬가지로 아들들도 아버지의 존재가 그러할 성싶다. 삼부자가 양심을 걸고 만드는 평촌요구르트에 어떠한 꿈과 희망이 담겨 있을지 궁금했다. 평촌목장에서 젖소와 함께 살고 있는 삼부자를 만났다.

가족 공장 평촌요구르트의 5계명

아버지와 둘째 아들은 풀무농업고등기술학교를 다녔다. 일명 풀무학교라고 부르는데 간단히 설명하자면, 1943년 일제강점기 때 독립운동을 목적으로 민족의 후손들을 키우고자 이찬갑 선생과 주옥로 선생이 설립한 학교이다. 풀무학교를 나온 선후배들은 친환경 농업에 대한 의지와 이념을 굳게 지키며 지역에서 농촌 살리기 운동과 생태 보전에 헌신했다.

풀무학교를 졸업한 신관호 씨는 평촌목장 운영자이고, 큰아들 신강수 씨는 요구르트 가공 공장의 공장장이다. 둘째 아들 신준수 씨는 사료포와 농경지를 관리하고 목장과 공장 일을 돕는다. 그야말로 삼부자가 힘을 합해 만드는 요구르트이다.

신관호 씨에게 '삼부자'라는 말에 호감이 간다고 했더니 그는 아내 김연옥 씨의 역할이 컸다고 말한다. 그의 아내는 고품질 요구르트를 만들기 위해 밤을 세워 가며 실험하기를 몇 개월 거듭했다고 한다. 그렇게 헌신한 결과 지금의 요구르트가 생산될 수 있었다는 것이다. 그녀는 대산농촌문화재단의 도움으로 스위스, 독일, 오스트리아의 농가형 유가공 공장도 견학했다. 숨어 있는 연출자이자 평촌목장의 실세인 셈이다.

이렇듯 평촌목장은 가족 구성원들이 저마다 역할을 맡아 운영하는 작은 가족 공장이다. 물론 가족 공장이라고 해서 헐렁하지는 않다. 요구르트 회사의 5계명이 이를 증명해 준다.

첫째, 평촌요구르트는 원유의 신선도와 품질이 다르다. 둘째, 평촌요구르트는 탈지분유 등을 섞지 않는다. 셋째, 평촌요구르트는 당분을 5퍼센트 이하로 제한하고, 친환경 농법으로 재배한 사과즙을 첨가한다. 넷째, 평촌요구르트는 안정제, 방부제, 인공 색소와 향료를 추방한다. 다섯째, 사람과 오리와 소가 서로 돕는 순환 농법을 추구한다.

이러한 5계명은 평촌요구르트를 만드는 원칙이자 신념이다. 평촌목장은 5계명을 지키고 있고, 이를 소비자들에게 자랑스레 홍보를 한다.

젖소를 친환경 유기 사료로 사육하다

둘째 아들 준수 씨는 고민에 빠졌다. 5계명을 지키는 것이 평촌요구르트의 자랑임에는 분명하지만 젖소가 먹어야 하는 사료에 대해 간과할 수 없기 때문이다. 평촌목장에서 사육되는 젖소에게 미국이나 호주산 곡물로 만든 사료를 주는데 이 사료에 유전자가 조작된 작물GMO이 들어 있지 않다고 장담할 수 없기 때문이다. 그러므로 준수 씨는 가족에게 요구르트를 먹일 수 없었다고 고백했다.

내 아이에게 먹일 수 없는 요구르트를 소비자에게 판매할 수는 없

평촌목장, 신씨 삼부자.
요구르트를 안전하게 만들고, 소비자에게 양심을 걸고 판매하기 위해 젖소에게 먹일 사료도
유기농 인증을 받은 NON GMO, 무항생제 곡물로 만든 고품질 사료를 쓴다.

지요. 양심의 가책을 많이 받았습니다.

준수 씨는 아이와 소비자들이 요구르트를 걱정없이 마음껏 먹을 수 있도록 결단을 내렸다. 기존에 쓰던 사료 대신 값이 두 배가 넘는 유기농 사료로 바꾼 것이다. 2007년이었으니 벌써 지금으로부터 4년 전의 일이었다. 우리나라 친환경 사료 회사가 넓은 외국 땅에 가서 생산 과정을 감독하고 유기농 인증을 받은 NON GMO, 무항생제 곡물로 만든 고품질 사료를 젖소에게 먹였다. 요구르트를 안전하게 만들고, 소비자에게 양심을 걸고 판매하기 위한 결단이었다.

그런데 문제는 과연 비싼 사료 비용 때문에 인상되는 요구르트의 생산비를 벌충할 수 있을 만큼 요구르트가 판매가 될 것인가였다. 사료를 바꾸면서 안심은 되었지만 비용 때문에 준수 씨의 걱정이 늘어 갔다.

평촌요구르트는 지역의 수요처인 풀무생협이나 어린이집 등에 공급하고 서울 등지에 택배를 이용한 직판 방식으로 매달 2,500만 원가량 매출을 올린다. 하지만 요구르트 가공 공장을 만드는 데 2억 원가량을 투자해서 수익을 거의 낼 수 없는 실정이다. 농촌기술센터에서 450만 원 지원받은 게 고작이다. 나머지 자금은 농협에서 융자를 받아 빚으로 남았다. 그러니 사료 비용을 걱정하지 않을 수 없었던 것이다.

농촌의 가공 공장이 더 발전하면

몇 해 전부터 여기저기에서 농촌을 살리자는 취지로 '1촌 1사 운동'이 진행되었다. 일각에서는 형식적이라고 지적한다. 실제로는 농촌에 크게 도움이 되지 않으면서 행사 비용만 많이 지출하는 경우가 있었기 때문이다. 그러므로 농촌 살리기와 농촌 소득 증대라는 공공적 대의명분을 앞장세워 농촌 발전 전략을 만들어야 한다. 또한 1차 농산물을 판매하는 것은 한계가 있으므로 가공식품을 생산해야 한다. 가공 공장은 1차 농산물을 원료로 사용하므로 1차 생산자 농민과 가공생산자의 상생이 가능할 것이다.

형식적인 농촌 살리기 운동이 아닌 실질적인 전략과 실천이 동반되어야 한다. 우선 평촌목장처럼 영세한 가공 공장이 친환경 유기 축산으로 전환할 수 있는 기반이 마련되어야 한다. 이러한 기반은 도시에 분산된 기관, 조직, 단체, 기업 그리고 개개인을 조직화하고 실행하는 기관이나 기구가 설립되어 지원을 해야만 가능해진다. 그 역할을 농협이 해야 마땅하겠지만 여러 가지 상황을 봤을 때 현실적으로 불가능하므로 독립적인 기구가 필요한 것이다. 독립기구가 생겨 역할을 잘 수행하면 평촌목장뿐만 아니라 영세한 친환경 유기 식품 가공 공장들이 경쟁력을 가질 수 있다. 이렇듯 가공 공장의 발전은 농촌을 살리는 길이자 대안이다.

평범한 농민들처럼 보였던 삼부자를 만나니 그 누구보다 그들은 특별한 사람들이었다. 그들은 함께 있어서 더욱 행복했고 함께 희망을 만들고 있었다. 삼부자와 같은 모습을 농촌에서 보기는 쉽지 않다. 진정한 농촌 살리기는 준수 씨와 강수 씨처럼 젊은

층이 농촌에서 자리를 잡고 일할 수 있어야 가능하다. 그런 날이 온다면 우리 농업의 경쟁력은 더욱 강해질 수밖에 없을 것이다. 이를 위해서라도 가공 공장이 더 많아져야 하고, 이를 육성시킬 독립적인 기구가 하루빨리 생겨나야 한다.

평촌목장 삼부자와 김연옥 씨, 이렇게 네 사람은 목장과 공장 내 각자 맡은 분야에서 책임감을 갖고 일을 한다. 그들은 함께해야 할 일이 있을 때에는 모두 힘을 모은다. 그들의 꿈은 실속 있는 목장을 가꾸고 평촌요구르트를 누구나 즐겨 찾는 명품으로 만드는 것이다. 그들이 꾸는 소박하고 착한 꿈이 이루어질 날이 금방 오리라 믿는다.

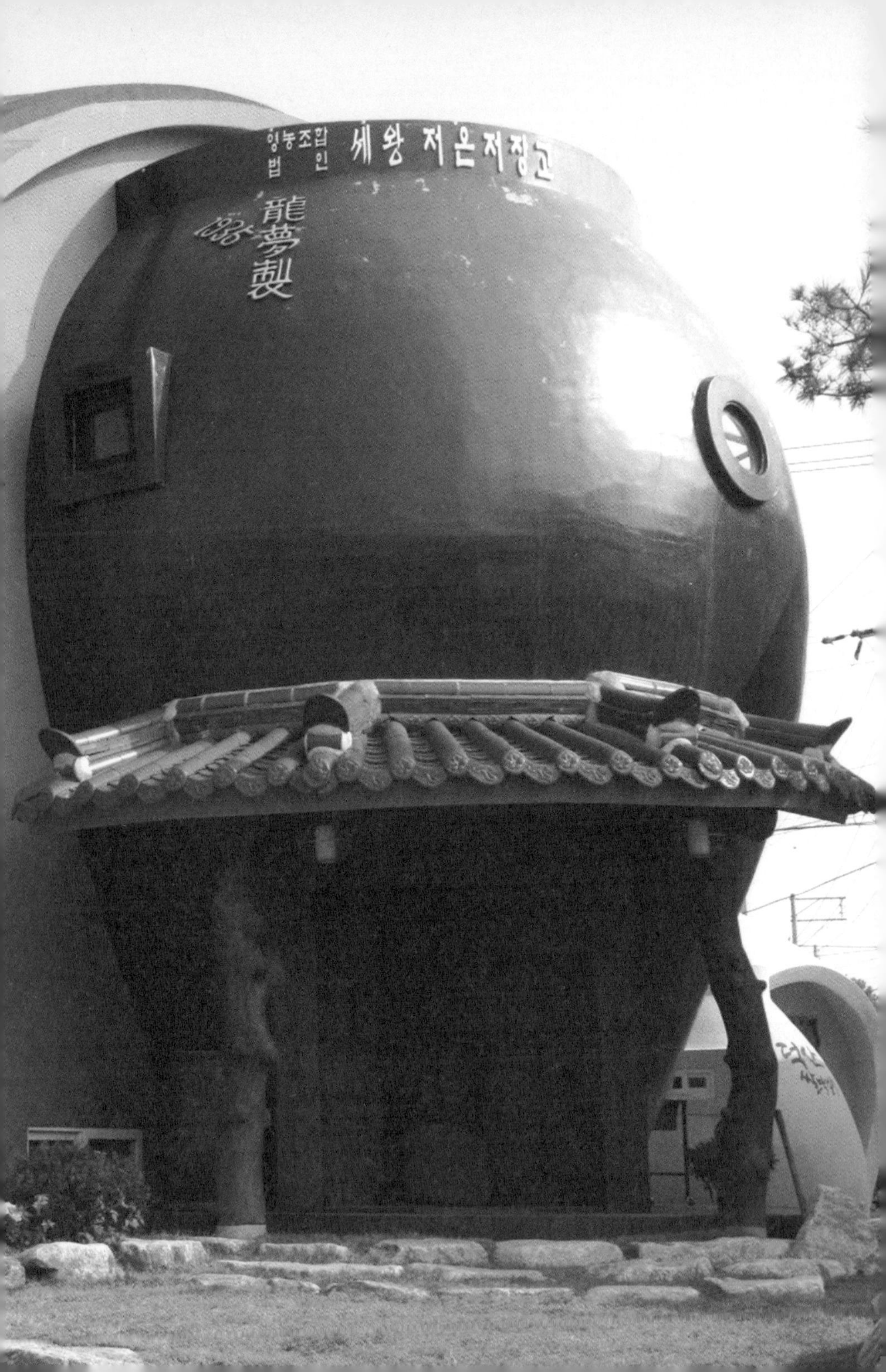
영농조합
법인
세왕 저온저장고
龍夢製

술을 빚어 지역을 살리다

__ 영농조합법인 세왕

3대에 걸쳐 가업이 이어진 덕산양조장(현재 세왕)은 1929년에 이규행 대표의 할아버지가 창업했고 건물은 1930년에 완공되었다. 1925년에 덕산의 저지대에서 가내수공업 방식으로 술을 빚어오다가 1926년 대홍수에 건물이 수몰돼 고지대로 이사했고, 지금의 위치에 정식으로 양조장을 창업한 것이다. 진로가 1924년에 창업을 했다고 하니 덕산양조장이 얼마나 오래되었는지 알 수 있다. 이처럼 전통과 역사가 살아 숨 쉬는 덕산양조장에서 술을 빚는 이규행 대표를 만났다.

세왕의 탄생

정조를 모시던 영의정 채제공(1720~1799년)의 사위가 그의 선대 할아버지였다. 채제공은 강릉 부사로 재직하다가 1758년 39세에 도승지로 임명되었다. 채제공은 정조를 모시고 급진 개혁 정책을 펼치다가 정조의 승하로 낙향했다. 그 뒤 후손들을 보호하기 위해 더 이상 벼슬을 시키지 않았다. 그의 할아버지는 청주 문의에서 살다가 동학혁명 때 화를 입고 채씨 집성촌 근처 덕산으로 이사를 했다.

당시 그의 할아버지는 스물여덟 살에 처갓집 땅을 잡혀 현재 위치에 양조장 건물을 짓고, 3년 만에 빚을 갚았다. 그의 아버지는 서울대학교 수의학과를 나와 군의관으로 있다가 그의 할아버지가 병이 들었을 때 내려왔다. 1961년에 그의 할아버지는 세상을 등졌고 그의 아버지는 가업을 이어받았다. 이때까지는 사업이 번창했던 시기였다.

1970년 초에 정부 정책으로 약주 공장이 통합되면서 설립된 (주)충북세왕양조를 운영했는데 1991년 아버지가 풍을 입어 더 이상 양조장을 운영할 수 없었다고 한다. 그 뒤 이 대표의 동생이 1993년부터 1995년까지 양조장을 운영하다 이민을 갔다. 간신히 술도가의 명맥만 이어져 왔던 것이지만, 그는 건설업을 하면서도 항상 가업의 중요성을 간직하고 있었다.

이 대표는 1998년 1월 가업을 물려받았다. 1997년 건설업의 경기 침체가 심각해 부모님을 모실 겸 고향으로 내려왔을 무렵이었다. 그 당시 덕산양조장은 인건비를 절감하기 위해 진천에서 합동으로 막걸리를 제조하며 수년째 문을 닫은 상태였다. 경제적, 정신적으로 힘든 시기에 쓰러져 가는 가업까지 이어받은 이 대표는 굳은 각오로 밥 짓는 작업 등 힘든 기초 과정부터 직접 배워가며 술을 빚는 방법을 익혀 나갔다.

그리고 내실을 기하고자 1999년 그의 아내 송향주 이사에게 공장 살림을 맡겼다. 2000년에 진천에서 합동으로 운영했던 충북세왕양조가 해산되면서 덕산막걸리 제조 면허를 환원 신청하여 2001년 12월에 덕산양조장을 부활시켰다. 2002년부터는 11년 동안 잊혔던 '덕산막걸리'라는 브랜드를 시장에 내놓았다.

2003년에는 덕산양조장 건물에서 약주를 통합하면서 30여 년 만에 그의 할아버지가 창업했던 본디 모습 그대로 양조장 운영 형태를 갖추었다. 그러면서 '세왕주조'로 이름을 바꾸었다. 그 뒤 2007년 정부와의 연계 사업을 원활히 하기 위해 '영농조합법인 세왕'으로 다시 한 번 상호를 바꾸었다. 긴 세월만큼 많은 변화가 있었지만 이 대표는 "우리 농민들이 생산한 농산물을 가지고 술을 빚어야 한다"고 한결같이 고집했다. 그것만이 굴곡진 수많은 세월 속에서도 술도가의 명맥을 잇도록 해 준 분들에 대한 보답이라 여겼기 때문이었다. 그리고 그는 피나는 노력 끝에 갖가지 고품격 술을 제조해 초창기에는 연간 1억 원가량의 매출을 올렸고, 현재는 20억 원이 될 수 있도록 이끌었다.

마의 22도를 넘어라

일반적으로 학자들은 발효주가 20도를 넘을 수 없다고 한다. 그런데 이 대표는 학자들의 이론을 깨고 22.8도의 발효주를 만들었다. 그는 평상시 술 빚는 책을 다양하게 읽었다. 잠을 잘 때나 깨어 있을 때 계속 고민을 했다. 그렇게 고민하면서 술을 담근 지

7년 만에 20도를 넘었다. 명상을 하다가 20도를 넘는 방법에 대해 영감을 얻었다고 한다. 신의 계시까지는 아니었으나 영감이 떠올라 새벽에 일어나 3일 동안 발효주를 만들었다. 그의 아버지도, 30년 동안 세왕에서 근무했던 전무도 20도 이상은 불가능하다고 했다.

사자는 자기 새끼들 중에서 절벽에 기어오르는 것만 키우죠. 강한 자만이 살아남을 수 있는 적자생존의 원리입니다. 사과나무도 북풍을 많이 받으면 잔병치레가 없어지는 법입니다. 부자는 3대를 못 간다는 말이 있습니다. 배가 부르면 돈을 벌 생각이 없어서 그렇게 된다고 봅니다. 미생물도 마찬가지로 매번 좋은 환경을 주면 안 된다고 보았습니다. 발효균에게 어려운 환경을 주어 살아날 놈만 살게 만들어 놓고 밀도를 높였습니다. 발효주가 1주일이면 가라앉고 기포가 없어지는데 내 식으로 담그니까 조그마한 방울이 계속 생기더군요. 그것은 발효균이 죽지 않고 알코올화가 계속 진행된다는 것입니다. 그렇게 22도가 넘어갔고 검붉은 색깔로 변했죠. 이 술은 일명 '살 빠지게 하는 술'로 인기가 높은데 아직은 제품화하지 않고 일 년에 두세 번 빚어 지인들께 선물하고 있습니다.

진천 지역의 특산물은 친환경 검정 쌀이다. 그는 세계에서 최초로 검정 쌀을 이용해 막걸리와 와인을 제조했다. 포도에 들어 있는 색소 성분인 안토시아닌은 항암 효과가 있는데 검정 쌀에는 안토시아닌이 포도보다 다섯 배 더 많이 들어 있다. 또한 검정 쌀은 우렁이 농법으로 생산한 친환경 검정 쌀이다. 특히 검정 쌀만으로 술을 빚기에 현미 상태의 검정 쌀을 사용하므로 그동안 사용했던 많은 도정을 한 쌀과는 발효 성격이 달라서 초기에 고생을 했다.

그러나 기초가 튼튼한 제조 기술로 제품의 특성을 파악해 술을 빚었고 독특한 맛, 향, 색을 지닌 술이 완성되었다. 와인의 이름은 덕산을 풀어서 영어로는 그랜드 마운틴이고 제품명은 불어인 '몽그랑'으로 했다. '몽그랑'은 선물 세트로 출시해 2008년 쉽게 마실 수 있도록 360밀리리터 유리병에 '흑비'라는 이름으로 새롭게 내놓았다.

일반적으로 가공용 쌀은 대부분 정부미를 사용하는데 수입 쌀이다. 하지만 세왕은 수입 쌀을 사용하지 않는다. 막걸리와 약주는 전통 가공식품이기 때문에 국내산을 주원료로 사용해야 된다고 이 대표는 설명한다. 그리고 술을 빚는 전 과정을 수작업으로 전통 방식 그대로 하고 있다. 이러한 방식은 힘이 더 들고 제품 원가가 더 많이 든다. 그리고 시장에 나아가서는 밀가루나 수입 쌀로 빚은 막걸리와 가격 경쟁을 해야 된다. 그러나 이 대표는 세왕이 농민들과 함께 상생할 수 있다는 점을 자랑스러워했다.

2007년에는 경기 도청에서 쌀을 다량 소비할 품목으로 술을 뽑아 농정 국장을 비롯해 공무원들이 세왕으로 견학을 왔다. 그들은 경기미로 와인을 제조해 수출할 계획을 세웠다. 당시 그는 제조 기술이나 비결을 그들에게 서슴없이 알려 주었다. 그러나 이 대표는 세왕의 흑미 와인이 지역 쌀 소비 증가를 목적으로 빚은 술이어서 제조 회사 이윤만 추구한다면 함부로 빚을 수 없는 술이라고 했다. 아직 다른 지역에서 흑미 100퍼센트 와인을 출시하지 못하는 이유도 바로 그 때문이다.

세왕은 2009년 정부의 햅쌀 막걸리 추진 사업에 동참하여 '덕산 햇살 막걸리'를 출시했다. 이 제품은 지역에서 생산되는 추정미만으로 발효시킨 막걸리로서 고품격 약주급 막걸리이다. 이 막걸리는 살균 막걸리로 제조되어 호텔, 골프장으로 납품한다.

이 대표는 많은 제품에 반드시 '덕산'이라는 지명을 넣는다. 지역에서 생산되는 원료를 주로 사용함은 물론이지만 제품명에 지명을 넣어 전국에 조금이나마 '진천 덕산'을 알리는 계기가 되길 바라기 때문이다. 오랜 세월 양조장을 이어 올 수 있게 해 준 고마운 지역민들에게 세왕이 작은 보답을 하기 위해서다.

덕산양조장의 훼손 위기를 이겨 내다

덕산양조장은 1926년 일본인이 설계를 했다. 백두산의 삼나무, 전나무를 주요 목재로 사용했다고 한다. 바람이 잘 들어올 수 있도록 서쪽으로 건물 방향을 잡아, 냇가와 산에서 불어오는 바람이 발효실의 뜨거운 열을 잘 식혀 주도록 설계했다. 하지만 아쉽게도 1960년대에 이 대표의 부친이 지하 약 1.2미터에 위치한 발효실을 없앴다. 작업의 편리성을 높이려고 지하를 메운 것이다. 그래서 발효실이 1층에 자리 잡게 되었고, 요즘 삼복더위에는 냉각기를 이용해서 술 온도를 맞춘다고 한다. 이 대표는 나중에 문화재 복원 사업의 일환으로 양조장이 원래 모습을 되찾을 수 있기를 바랐다.

옛날 모습을 보존한 양조장은 정이 넘치고 추억을 떠올리게 하는 공간이다.
가업을 잇는 것이 어렵지만 세왕주조를 찾는 사람들 덕분에 자부심과 사명감을 느끼게 된다.

여하튼 3층 높이의 양조장 건물은 단층이다. 판자를 덧대어 외벽을 만들었고 나무가 썩지 않도록 검은 도료를 칠해 놓았다. 일제강점기 때 지어진 건물이어서 구조는 서양식이다. 하지만 발효실과 종국실 천장에는 단열과 습도 조절을 위해 한국식으로 1미터 두께의 왕겨를 넣었다. 또한 내벽과 외벽은 대나무와 칡넝쿨을 이용해 뼈대를 만들었다. 그리고 황토와 짚을 치대어 뼈대에 발라서 벽을 만들고 목재로 비닐 판벽을 만들었다. 그 사이에 왕겨를 넣어 보온, 습도를 유지하는 기능을 하도록 했다. 다소 구조가 복잡하지만 원래 설계와 건물 자재도 발효 식품인 양조장에 가장 적합하게 아주 잘 지어진 건물이다.

특히 양조장 건립 당시 건물 앞쪽에 조경수로 심은 측백나무는 80여 년이라는 세월이 흐르는 동안 목조 건물인 양조장을 해충으로부터 지켜 온 일등 공신이다. 2000년도 문화재청 근대 문화유산 발굴 사업으로 덕산면에서 덕산양조장 건물을 조사했다. 이를 계기로 이 대표는 3대 가업의 술도가 역사를 기록으로 남기는 작업을 시작했다. 3년여 정도 양조장 관련 문서 검토와 전문가 실사를 마친 뒤 덕산양조장 건물은 문화재청 등록 문화재 제58호로 등록되었다.

덕산양조장 건물은 크게 두 번의 훼손 위기가 있었다고 한다. 첫 번째는 1970년대에 새마을 사업 일환으로 양조장 앞으로 큰길을 내기로 했는데 양조장 한쪽 면을 지나가도록 도시계획을 세운 것이었다. 그래서 이 대표의 아버지는 양조장을 지키기 위해 양조장 앞에 있던 상가 건물을 없애면서 극적으로 위기를 모면했다. 두 번째는 2002년 양조장 옆으로 소방도로 공사를 시작하려고 할 때였다. 다행히 이 사업은 미루어졌고 2003년 6월 문화재로 등록시켜 도시계획이 수정되었다. 이 대표는 도시계획에 의해 사라지게 될 양조장을 보존해야겠다는 고민 끝에 문화재 등록을 추진했으며, 근대 건축물을 살리자는 취지에서 선정된 것이었다.

세계적인 술을 만들어야 한다

덕산양조장 내부로 들어가면 막걸리 작업실, 누룩방(현재 발효실로 사용), 발효실, 균을 배양하는 종국실이 있다. 더 안으로 들어가면 쌀을 찌는 공간과 약주를 생산하는 공간이 있다. 술을 담는 기계들을 제외하면 양조장은 1930년대의 모습을 그대로 유지하고 있다. 사무실에는 오래전 국세청기술연구소에서 보낸 술 제조 포스터가 오롯이 붙어 있다. 또한 옛 덕산양조장의 관록을 자랑하듯 1958년부터 1960년대 초에 걸쳐 전국 주류 품평회에서 받은 상장들이 걸려 있다.

세왕은 옛 건물을 그대로 보존하며 활용한 덕에 술의 이미지 확장에 도움을 받았다. 그래서 2005년부터 2006년까지 KBS 드라마 '대추나무 사랑 걸렸네' 촬영 장소로 사용되었고 2007년에는 허영만 화백 만화 〈식객〉 20화 100번째 이야기 '할아버지의 금고'에서 '대왕주조'라는 소재지로 나왔다.

역사가 오래된 나라일수록 술 문화는 발전했다. 이 대표의 아버지는 약주와 막걸리에 아무것도 첨가하지 않고 제조했다. 그러나 그는 아버지의 제조법을 기본 바탕으로 하되 더 나아가 새로운 원료를 이용한 제조법을 개발했다. 그렇게 나온 술이 10여 종에 이른다.

그가 가업을 물려받을 당시 막걸리와 약주의 인기는 날이 갈수록 떨어져서 목마른 사람이 우물 판다는 식으로 살 길을 찾았던 것이다. 처음 그가 가업을 이을 무렵은, 명절을 지나면 두 달가량 제품이 판매되지 않아 공장 운영이 어려웠다. 그래서 13년 전부터 한약재 12가지가 들어간 '천년주', 저가의 '구기자 동동주'를 비롯해 다양한 종류의 선물 세트를 출시했다. 또한 오랫동안 제조했던 덕산약주 및 덕산명주 디자인을 새롭게 만들어 대형 매장에서 판매하기에 손색없도록 탈바꿈했다.

몇 해 전에는 생약을 넣어 제조한 '천년주' 제조 방법을 모태로 지역의 특산물 천마를 주원료로 19종의 한약재를 넣어 빚은 '천마활보주'를 개발했다. 2007년에 개발한 '몽그랑'과 '흑비'는 지역 특산품 친환경 흑미 100퍼센트로 빚은 세계에서 유일한 흑미 와인이며, 시간이 흐를수록 많은 사랑을 받고 있다.

그 사이 10년 넘게 잠자고 있던 '덕산막걸리'를 제품화하고 밀가루로만 생산되던 막걸리 시장에 국내산 쌀을 첨가하여 '덕산막걸리' 특유의 맛을 개발하여 시장에 내놓았다. 이렇게 해서 지금은 전국 5대 막걸리 안에 손꼽히게 되었다. 이외에도 옥수수 동동주, 천년 가시오가피주, 검정 쌀 막걸리 등을 다양한 용기에 담아 출시했다. 이러한 이 대표의 노력으로, 공장을 원활하고 안정적으로 운영할 수 있게 되었다.

특히 세왕은 2008년 1월에 희망제작소 소기업 발전소에서 추진한 사업에 선정되기도 했다. 그해 3월 디자인진흥원의 디자인

기부 사업으로 기부받은 유리병 디자인과 상표 디자인을 제품화해 그동안 생산에서 가장 큰 걸림돌이었던 용기 부분을 보완할 수 있는 큰 힘을 얻게 된 것이다. 소기업에서 자체 유리병을 갖는다는 것은 경제적인 면에서 큰 어려움이 따른다. 소기업들은 대부분 디자인 자체에 상당의 액수를 지불할 수 없기 때문이다. 이를 계기로 세왕은 완성도 높은 제품을 출시할 수 있게 되었고 나아가 지금은 세계 시장의 문을 두드리고 있다. 특히 2010년 무역협회 '수출 유망 중소기업'으로 선정되어 전문 자문 위원의 자문을 받으며 수출 판로를 모색했고, 드디어 2011년 2월부터 '덕산 막걸리'가 일본 시장에 진출하여 좋은 호응을 얻고 있다.

지금은 많은 사람들이 세왕주조를 직접 보기 위해 찾아온다. 2000년대 초부터 사람들이 전통과 가업을 잇는 세왕주조를 알게 되었기 때문이다.

각종 언론 매체를 통해 소개된 점이 가장 큰 원인이었죠. 더불어 제품의 맛과 품질도 함께 성장하여 좋은 평가를 받고 있습니다. 또 정부가 2009년부터 막걸리 활성화 정책을 펴면서 30여 년 동안 오명을 쓰고 있었던 막걸리에 대한 인식이 바뀌어 많은 사람들이 찾아오는 게 아닐까 싶어요.

이 대표는 가족, 동호회, 학교 등 각계각층의 사람들이 찾아오는 것을 고려하여 건축을 전공한 사람답게 독특한 형태의 저온 저장고 및 전시 시음장을 2009년에 지었다. 또한 2010년 방문자들의 요청을 받아들여 술 도자기 병 모양을 한 술 향기가 있는

긴 세월만큼 많은 변화가 있었지만 이규행 대표가 한결같이 고집하는 것이 있다.

"우리 농민들이 생산한 농산물을 가지고 술을 빚어야 합니다."

'향주가'라는 식당을 만들어 운영하고 있다. 두 건물은 편의를 위해 내부를 연결해 놓았다.

1935년 제작된 술독은 세왕주조 발효실에서 아직도 맛 좋은 술을 발효시키고 있다. 이 술독 모양을 그대로 형상화한 건물과 막걸리 잔이 있다. 이것은 술독으로 들어가서 술독에 빠졌다 나오는 공간, 술병 속에서 밥을 먹는 기분, 한 잔이 아닌 한 독을 마시는 기분 등으로 세왕주조만의 스토리텔링이 가능하다. 그래서 세왕주조를 찾아오는 많은 이들에게 즐거움을 선사해 준다.

옛날 모습을 보존한 양조장은 정이 넘치고 추억을 떠올리게 하는 공간이다. 옛 추억을 회상하며 양조장에 얽힌 이야기를 들려주는 백발의 어르신들, 고국을 그리워하는 교포들, 한국의 전통문화를 보려는 외국인들이 세왕주조를 찾아왔다. 이 대표는 가업을 잇는 것이 어렵지만 세왕주조를 찾는 사람들 덕분에 자부심과 사명감을 더 느낀다고 한다.

지역의 소기업이 살면 지역이 살아난다

이 대표는 막걸리에 관한 정부 정책에는 불만이 없으나 비싼 세금을 지적했다. 주세가 30퍼센트이고 막걸리는 5퍼센트라고 한다. 주세가 10퍼센트만 되더라도 양조장을 운영하기가 어렵지 않을 텐데 주세가 너무 높아서 세왕의 직원들 월급 줄 때마다 어렵다고 그는 토로했다. 주세를 내고 나면 수익이 거의 없다는 뜻이다. 그래서 개인 사업자로는 정부 정책 연계 사업을 할 수 없다는 것을 알고 세왕은 부득이 영농조합법인으로 회사를 법인화했다. 그 결과 군과 농업기술센터 등 기관과 연계 사업을 원활히 할 수 있었고 회사 운영에 도움을 받았다. 또한 2009년 농민주 면허를 획득하여 힘들었던 주세 부분도 50퍼센트 감면받게 되어 회사 운영에 조금이나마 힘을 보탰다.

전통주 시장은 현재 큰 과도기이다. 국세청에서 오랫동안 술에 관련된 모든 것을 관리하고 감독했다. 그런데 정부의 쌀 소비 촉진 일환으로 시행한 막걸리 활성화 정책을 계기로 농림수산식품부로 일부 사업이 넘어가고 식약청도 관여하게 되었다. 다행히 전통주는 다른 식품과 달리 오래된 소규모 공장들이 많고 대부분 영세하기 때문에 각 특성을 참작해서 제도화한다고 하니 기대는 해 볼 수 있다.

그렇지만 자칫 대기업 위주 정책이 되지 않을까 이 대표는 걱정을 했다. 최근 들어 대기업들이 막걸리 사업에 들어와 막걸리 시장에 변화를 일으켰고 지역에서 자기 색깔을 지니지 못한 영세한 양조장들이 대기업 막걸리의 유통 정책에 서서히 잠식당할 수 있기 때문이었다.

이 대표는 급변하는 정부 정책과 시장경제 속에서 세왕이 지속적으로 발전할 수 있도록 위기감을 가지고 사업에 임했다. 무엇보다도 그는 후손들에게 더 나은 '덕산양조장'을 물려주기 바라며 끊임없는 노력을 할 것이다. 지금까지 항상 정직한 마음으로 좋은 원료를 가지고 정성껏 술을 빚었듯 그 마음이 변치 않기를 바란다. 그렇다면 '덕산양조장'만의 술맛으로 소비자들에게 꾸준한 사랑을 받을 것이며 대대손손 술도가의 명맥을 이어 나갈 수 있을 것이다.

　지역의 소기업이 살면 지역은 살아날 수밖에 없다. 세왕으로
인해 더욱 생기 넘치는 지역 덕산에서 전통과 역사의 소중함을
새삼스레 깨달았다.

매화꽃과 함께 울고 웃는 홍쌍리 여사

__ 청매실농원

    1943년 경남 밀양에서 태어난 홍쌍리 여사는 농사꾼이 된 1966년부터 44년간 일기를 썼다. 이 일기는 매실 명인, 신지식인으로 선정될 때 중요한 기록이 되었다. 그 긴 세월을 기록으로 남겨 놓았다니 존경스럽고 무섭다.

    그녀는 일기보다는 기록하는 데 의미를 두었다. 그녀의 기록은 자식뿐만 아니라 손자들까지 그녀가 교과서대로 살 수 없었던 세월을 남긴 자료인 셈이다. 1988년에 등잔 밑에서 일기를 썼는데 일기장 한 보따리가 불에 타 버렸다. 험난하고 가난한 시절의 기억을 더듬어서 일기를 다시 쓰자니 눈물이 마구 나와서 못 쓰겠더라고 했다. 그래서 타 버린 일기를 요약해서 다시 쓰고 있다.

    그녀의 일기 속에는 매화나무를 가슴에 심고 살아온 세월이 고스란히 담겨 있다. 스물세 살이 되던 1965년 그녀는 전남 광양 다압면 매화마을로 시집을 왔다. 그녀가 살아야 했던 집은 기차, 자동차, 전화, 전기가 없었다. 논두렁을 걸어와서 방으로 들어가면

문에 이마를 부딪쳤다. 그해 봄, 시집살이가 고단했던 그녀는 옹기에 물을 길어 오면서 매화꽃 향기를 맡으며 눈물을 흘렸다. 매화꽃이 너무 아름다워 그녀는 옹기를 내려놓고 길섶에 앉아 있는데 꽃잎 속에서 들려오는 "엄마, 울지 말고 나하고 살아"라는 가냘픈 목소리를 들었다.

그때부터 그녀는 매화꽃에게 '네가 내 딸이다'라고 하면서 일기를 쓰기 시작했다. 그녀는 콩밭을 매다가 고랑에서 아무도 주워 먹지 않는 매실에 관심을 가졌다. 매실을 주워 손을 문질렀는데 흙과 때가 말끔히 씻겨 나갔다. 기름기 있는 그릇을 문질러 보니 비누보다 때가 더 잘 지워졌던 것이다. 요즘은 연구라고 하겠지만 당시 그녀에게는 뭔가 해 보면 어떨까 하는 발상이었다. 이러한 독보적인 발상이 오늘날의 그녀를 매실 명인으로 만들었다. 그동안 그녀는 청매실농원을 15헥타르 조성했고, 매실의 우월성에 대한 그녀의 신념은 매실을 고부가가치 농산물로 승격시켰다.

아무도 가지 않은 길, 그 길을 내다

새댁 홍 여사는 새벽안개가 지리산에서 섬진강으로 내려와 솜이불을 덮고 있는 듯이 새삼 느꼈다. 집 앞에는 지리산과 섬진강이 감쌌고 뒤에는 백운산이 있는데 그녀는 정원 같은 농원을 만들어 온 세상을 보듬겠다고 마음먹었다. 그녀가 매실나무를 심자고 제안하자 시아버지는 시고 떫은 매실에 왜 손대느냐며 미쳤느냐고 했다. 산을 일궈 밀이나 감자나 고구마를 심어야 도움이 되는데 괜히 돈이 되지도 않는 매화나무를 심느냐고 호통을 쳤다.

그녀의 시아버지인 율산 김오천은 우리나라에서 처음 매화나무 집단 재배를 시작했다. 청매실농원 매화당에는 그녀가 시아버지에 대해 언급한 '아무도 가지 않은 길, 그 길을 내다'라는 글이 있다.

울 시아버지 김오천 선생은 열일곱 살 때부터 가난에서 벗어나기 위해 혈혈단신 일본으로 건너가 탄광촌에서 일하셨어. 일본에서 생활하다 보니 매실이 훌륭한 약용 식품이란 걸 아신 거지. 해서 일본에서 한국에 들어오시면서(1931년) 밤나무 5천 주, 매실나무 5천 주를 갖고 와 이곳 섬진강변 백운산 기슭에 대량 식재했던 기다. 밤은 따서 식량 대용으로 팔았고, 매실은 매실잼, 매실 김치, 매실주, 오매로 만들어 팔았다. 모두들 논농사 밭농사 지을 때 나무 농사를 지으니 동네 사람들한테 '오천'이 아니라 일을 벌인다는 의미에서 '벌천'이라는 비아냥을 들은 기다. 결국에는 동네 사람들에게 율산栗山이라는 호까지 얻고 송적비(1972년)까지 세워졌지만, 남들이 가지 않는 새 길을 개척한다는 것, 그리고 끊임없이 정진해 가는 것, 그것이 우리 아버님이 만들어 주신 우리 집 내력인기라.

당시 밤을 한 가마니 팔면 쌀을 두세 가마니 살 수 있었지만 맛이 떫었던 매실은 떨어져도 주워 먹지 않았다. 그러나 그녀는 시아버지에게 밤나무를 베고 매실나무를 심자고 고집을 부렸던 것이다. 매실나무는 여인과 같아서 남자 같은 밤나무 아래서 자랄 수 없었다. 사람이 마주 보고 앉아 며칠 동안 톱질을 해야 밤나무를 벨 수 있었다. 시아버지는 절대 매실로 성공할 수 없다고 반대를 했다. 그렇게 밤나무를 하나 베면 매화나무를 네다섯 그루 심을 수 있었다. 일단 매화나무를 심어 놓으면 시아버지는 뽑자고는 하지 않았다. 그녀는 시아버지의 머리를 감겨 드리고 세수를 시켜 드리고 손톱과 발톱을 깎아 드리고 저녁마다 작사 작곡한 노래를 불러 드렸다. 친정아버지에게도 하지 않았던 지극한 정성을 다해 그녀는 시아버지를 설득했다.

6년 정도 매화나무를 심고 있을 때 부산 대성소주에서 홍실주가 나왔다. 6년 만에 매실을 137만 원에 팔 수 있었는데 몹시 큰 돈이었다. 매실을 팔아 현금을 벌 수 있으니 시아버지는 계속 매화나무를 심을 수 있도록 승낙하였고 그녀는 매실의 효능에 눈을 돌려 매실에 대해 공부하기 시작했다. 동의보감에는 고혈압과 저혈압에 매실이 좋다고 했다. 그녀는 개발해야 할 매실 상품이 너무 많아 잠을 잘 수 없었다고 했다.

매실나무에서 나오는 황금알

매실은 익을수록 당분이 많은데 약 성분은 떨어진다. 설탕이 없는 시절에 그녀는 소금을 연구했다. 간수에 매실을 5년간 숙성시키니 단맛이 났고 손에 달라붙지 않았다. 1년 숙성시킨 매실을 된장과 고추장에 넣어 1년을 더 숙성시키면 좋은 상품이 나왔다. 하지만 관청은 매실로 담근 된장, 고추장, 장아찌를 가정에서 만든 제품이라고 상품 허가를 내주지 않았다. 하지만 그녀는 매실

전통 방식으로 먹을거리를 만드는 청매실농원에는 한 해 100만 명 이상의 관광객이 찾아온다.

의 정화 능력을 믿고 매실 상품을 계속 개발했다. 이렇게 해서 40
여 가지의 매실 상품이 나왔다.

그녀는 한 번도 교수나 박사한테 의존한 적이 없다. 어쩌다가
한번 개발을 부탁하면 그들은 기업처럼 만들었기 때문이다. 상품
을 똑같이 찍어 내면 상품의 가치나 특색이 사라진다. 하지만 청
매실농원은 이미 기업이라 할 수 있다. '고품격 매실 아이스크림'
을 출하했고 '홍쌍리 완숙 매실잼'과 '저나트륨 홍쌍리 전통 간
장'을 출시했다. 홍 여사는 '신지식인'의 상징이다. 매실과 그 가
공식품만으로 품질 경영 시스템 인증을 받았고 우량 기술 기업이
되었다.

그녀는 지금도 학교나 각종 단체에 강사로 초빙되어 강연을 한
다. 건강하고 싶으면 매실 상품을 먹으라고 주장한다. 미국에서
도 강연했는데 앉을 자리가 없을 정도로 사람이 모였다. 예전엔
그녀가 해외로 자연 건강법과 환경 농업을 배우러 다녔지만 지금
은 그녀가 알려 주고 있다.

그녀는 우선 땅이 살아야 농민과 도시민이 아름다운 만남을 이
룰 수 있다고 믿었다. 땅에 농약이 들어가면 20년을 머물기 때문
에 건강한 땅을 보존하기 어렵다. 농약을 뿌리지 않고 유기 농법
으로 땅을 살려 밥상을 약상으로 만들려고 긴 세월을 노력했다.

그녀의 유기 농법은 농약 대신 청보리와 야생화를 매화나무 주
위에 심는 것이다. 야생화와 청보리는 잡초가 자랄 수 없는 환경
을 만들고 병충해를 예방했다. 특히 집중호우로 토양이 유실될
염려가 사라졌고 농원이 아름답게 유지되었다. 이처럼 그녀는 농
약이나 화학비료를 사용하지 않고 유기 농법을 철저히 지켰다.

옛날 밥상을 고집하는 농사꾼

유기 농법으로 생산한 매실 상품이 밥상에 오르는 순간 약상이 된다. 그녀는 옛사람들의 식단으로 돌아가야 약상이 된다면서 농약을 치지 않는 유기 농법을 고집했다.

서른여덟 살이 되던 해에 류머티즘이 생겨 뼈 마디마디가 아팠다. 대중교통이나 차가 없어 걸어 다녀야 했던 시절에 류머티즘은 불치병이었다. 명동성모병원에서 수술을 했다.

수술 후 배 속에 있는 기름기를 씻어 내기 위해 매실을 먹었다. 기름기가 류머티즘의 원인이라고 여겼기 때문이다. 그녀는 손에 기름기가 묻으면 비누로 깨끗이 씻어 내는데 배 속에 들어간 기름기를 왜 씻어 내지 않느냐고 했다. 옛날 밥상으로 음식을 차려야 건강해질 수 있는데 우리의 밥상은 그렇지 않다며 안타까워했다. 태국은 매운 고추, 인도는 카레, 일본에는 위암과 헬리코박터균에 효능이 있는 매실 장아찌 우메보시가 있어 장수촌이 생겼다. 그녀는 옛날 밥상으로 병을 이겨 내면서 매실의 효능을 몸소 경험했다.

그녀는 "매화꽃은 내 딸이고 매실은 내 아들"이라고 했다. 그녀는 세상에 아들과 딸이 많았다. 그녀는 보리를 심으니 보석이 많았다고 했다. 몸에 감싸는 보석이 아니라 하늘이 내려준 보석이라고 한다. 이러한 그녀의 감수성은 밤마다 책을 읽도록 했다. 남이 하지 않는 것을 그녀는 하고 싶어 했으나 그냥 고집쟁이 농사꾼으로 남기로 했다.

홍쌍리 여사는 우선 땅이 살아야 농민과 도시민이 아름다운 만남을 이룰 수 있다고 믿는다.
하여 농약을 뿌리지 않고 유기 농법으로 땅을 살려 밥상을 약상으로 만들려고 긴 세월을 노력했다.

꽃이 울면 내가 울고 꽃이 웃으면 내가 웃는다. 밖에 나갔다 오면 꽃들이 모두 풀이 죽어 있는데 엄마가 돌아왔다고 소리치면 모든 꽃들이 웃는다. 도시 사람은 찜질방에서 땀을 흘리는데 농사꾼은 농사를 지으며 땀방울을 흘린다. 그것이 보석이다. 꽃 왕관 꽃반지 하고 농사를 재미있게 지으리라.

청매실농원은 연 매출액이 40억 원이며 수출액이 5억 원 이상일 정도로 번창하였다. 1년에 청매실농원을 찾는 100만 명 이상의 관광객이 이 지역에서 1인당 1만 원씩만 소비한다고 가정하더라도 그 파급효과는 매화마을뿐만 아니라 광양의 인근 지역까지 먹여 살린다 해도 과언이 아닐 것이다. 농촌의 희망은 신념을 가지고 인내를 하는 농민에게서 나온다 할 수 있다.

미래라는 블루오션에 도전하다

__ 장생도라지

경남 진주시 금곡면 장자리에서 도라지 하나를 가지고 견실한 기업을 일군 (주)장생도라지 이영춘 대표를 만났다. 3~4년이 지나면 뿌리가 썩는 도라지를 20년 이상 키운 아버지 이성호 원장의 집념에 이어 아들 이영춘 대표는 탁월한 경영 감각으로 기업화를 해냈다.

장생도라지는 이러한 성공에 힘입어 제품의 절반을 일본으로 수출하고 있고, 일본 내 판매원들이 진주를 방문하여 지역 경제에 큰 도움을 주고 있다.

이영춘 대표를 통해 도라지뿐만 아니라 우리 농촌에서 자라는 수많은 과일과 야생화 등이 사업의 훌륭한 소재가 될 수 있다는 희망을 만났다. 그 희망이 다른 사람, 다른 지역으로 옮겨 가기를 기대해 본다.

21년근 도라지에 대한 집념

이영춘 대표의 아버지는 어렸을 때 천식, 결핵에 걸려 고생했던 한 노인이 도라지를 먹고 나은 것을 보았다. 그때 그는 도라지를 연구하고 개발해야겠다고 결심했다. 도라지는 3~4년이 자라면 뿌리가 썩어 버리는 특징이 있다. 그래서 도라지는 뿌리가 썩기 전에 씨앗을 뿌리고 고사한다. 간혹 토양이 좋으면 수십 년, 수백 년을 사는 경우가 있다. 그것을 불로초라고 할 수 있다.

진시황이 불로초를 구하러 우리나라로 사람을 보냈다는 이야기가 있다. 태백산맥, 소백산맥에 게르마늄 성분이 많이 분포되어 있고 일교차가 크고 사계절이 뚜렷해서 식물이나 약초가 우수하다. 우리나라 인삼이 인정받는 이유도 마찬가지이다. 동남아 지역의 은행나무와 우리나라의 은행나무에서 같은 양의 징코민을 채취해 보면 100배의 차이가 난다.

도라지를 약품으로 개발해 보겠다는 아버님의 생각은 작은 경험 때문에 도전한 겁니다. 무려 16년이나 실패를 거듭했죠. 도라지를 심어 놓고 보면 어김없이 썩어 버렸습니다. 동네 사람들은 아버님을 미친 사람 취급했어요. 도라지에 미쳐 버린 사람이라고 했던 거죠. 산속에 움막을 짓고 5년 동안 살면서 도라지가 오래 사는 법을 터득했습니다. 그때는 1970년이었습니다. 그 후 1989년도에 처음으로 21년근 도라지를 만들었습니다. 도라지를 21년 키우고 나서 약재로 쓰려고 하니 과학적으로 분석한 논문이나 사례가 없어 계란으로 바위 치기처럼 무모한 도전이 되었죠. 세상에 21년근 도라지를 들고 나와 건강에 좋으니 먹어 보라고 해도 사람들이 그저 나물로만 취급했습니다.

경상대학교에서 도라지에 관한 연구를 시작하여 특허를 출원했다. 당시 '다년생 도라지'라고 이름을 붙였는데 매스컴에서 알려지기 시작했다. 1987년에 이영춘 대표는 아버지에게 빚잔치를 하자고 제안했다. 아버지의 부채가 2억 8천만 원이었는데 당시 진주에서는 2층짜리 양옥집 스무 채 값이었으니 엄청난 수치였다. 부채를 다 갚을 수 없으니 빚잔치를 하자고 했던 것이지만 아버지는 당신 눈에 흙이 들어가기 전에는 안 된다고 했다.

4남 1녀 중 이영춘 대표는 신문 배달을 하면서 겨우 실업계 고등학교를 다녔다. 1977년에 삼성중공업에 입사를 했지만 아버지로부터 물려받은 부채 때문에 월급을 만질 수도 없었다. 1983년, 결혼할 때조차 부채 400만 원을 짊어져야 했다. 1989년에는 서울의 한 부자가 21년근 도라지를 20억 원에 밭떼기로 사겠다고 나섰다. 식구들은 팔자고 했지만 그의 아버지는 일언지하에 거절했다. 그 후 10억 원어치를 판매했고 부채를 갚고 도라지 재배 면적을 늘렸다.

이영춘 대표의 경영 기법

1995년 느닷없이 이영춘 대표의 아버지는 회사를 설립하자고 했다. 장생도라지 영농조합법인을 설립하고 공장을 짓겠다고 발

장생도라지연구소 이성호 원장과 장생도라지 이영춘 대표.
3~4년이 지나면 뿌리가 썩는 도라지를 20년 이상 키운 아버지의 집념에 이어
아들은 탁월한 경영 감각으로 기업화를 해냈다.

표했다. 그는 말렸지만 결국 1996년도에 교수 몇 사람과 더불어 공장을 지었다. 공장 부채가 28억 원이었다. 가족회의를 통해 장남인 이영춘 대표가 회사를 그만두고 아버지의 공장에 매달리기로 했다.

공장은 손댈 엄두가 나지 않을 만큼 경영이 방만한 상태였다. 우선 경영 분석을 했다. 기업에서 가장 중요한 재무관리가 제대로 되지 않았다. 공장 짓는 데 비용을 너무 많이 투자했고 237개 농가 15만 헥타르에 5~6억 원을 지급하고 있었다. 1997년, IMF 외환 위기까지 겹쳐 이자가 마구 뛰었고 부채는 눈덩이처럼 불어났다. 28억 부채 중 17억 원이 은행 부채였고 나머지가 사채였다.

이영춘 대표는 아버지가 개인 명의로 지고 있던 부채를 회사 부채로 전환했다. 재무관리에 집중을 해서 차근차근 정리를 했던 것이다. 1997년도 매출이 2,700만 원이었으나 1998년도 매출은 1년 만에 10억 원으로 늘어났다. 농민들에게 돈을 다 지급하고 추가로 대출을 하지 않았다. 1999년에는 매출이 20억 원으로 늘어났다. 그때서야 남아 있던 부채를 갚을 수 있었다. 그가 처음 회사를 경영할 때 부채비율이 80퍼센트였으나 2005년과 2006년 부채비율이 50퍼센트 이하로 떨어졌다. 지속적으로 재무구조를 개선하여 2010년 부채비율을 23퍼센트로 줄였다. 이후 수년 내에 무차입 경영을 실현할 예정이다.

그는 재무관리에 이어 직원들의 의식을 개혁했다. 그가 공장에 처음 와 보니 직원들의 근무 태도는 기본이 부족했고 직원 간에 지켜야 할 예절이 없었다. 출근 시간을 지키지 않았고 서로 인사를 할 줄 몰랐다. 아침마다 출근하면 인성 교육을 실시했다. 또한 이영춘 대표 스스로 화장실 청소를 하고 식당에서 신발을 가지런히 놓았다. 회사의 문화는 하루아침에 만들어지는 것이 아니었다. 그렇게 1년을 솔선수범하니 직원들이 따라오기 시작했다.

그는 기업의 비전을 직원들에게 심어 주었다. 급여도 그렇지만 직원들이 자신의 미래에 관해 확신을 갖는 게 더 중요하다고 여겼기 때문에 장생도라지의 미래를 보여 주고자 노력했다. 아무리 매출이 좋다 해도 회사의 표준화가 되지 않으면 하루아침에 망할 수 있다. 그는 관리 표준, 관리 지침, 환경 관리 표준, 환경 매뉴얼, 품질관리 표준 등의 시스템을 만들어 직원들이 체득하도록 했다.

또한 그는 21세기를 여는 기업은 사회와 더불어 살아가야 한다고 믿었다. 임직원들과 함께 불우한 이웃을 돕고 일정 수익을 사회에 환원하는 사업을 추진했다. 2005년에 1억 원 이상을 사회에 환원했다. 최근에는 수익금의 3퍼센트를 장학금 사업에 쓴다고 써 붙여 놓았다. 이익을 창출하기 위해 사업을 한다면 못할 게 없다고 자신감을 내비쳤다.

주위 사람들은 도라지와는 다른 분야에도 투자할 것을 조언하지만 그는 '오직 도라지' 정신으로 도라지 제품 연구 개발에만 전념한다. 장생도라지는 농림수산식품부와 기획재정부가 선정한 '우리나라 농업 10대 선도 기업'으로 뽑혔다. 그때 얻은 제목이 '장인 정신과 경영 마인드의 만남, 장생도라지'라고 했다. 대한교과서가 펴낸 고등학교 한국지리 교과서에는 '도라지 하나로 세계를 제패하다'라고 기술되어 있다.

약에서 기호성 식품으로

아버님은 제품을 주먹구구식으로 만들었습니다. 원가 구성도 경영 기법을 가지고 분석하고 표시하지 않으면 안 됩니다. 적정한 이윤을 낼 수 있어야 합니다. 제품에 들어간 인건비, 원료비 등과 더불어 적정한 이윤을 추구해야 세무조사를 받을 때 문제가 없고 소비자들의 항변에 대해서도 대처를 할 수 있습니다.

이영춘 대표의 아버지가 만든 제품은 건강식품보다 약에 가까웠다. 하지만 그가 개발한 제품은 기호성 식품이었다. 원료를 적게 넣고도 대중에게 관심을 받을 수 있는 기능성과 기호성을 고려한 제품이어서 부가가치가 높았다. 그가 장생도라지에 온 후 몇 년 동안은 매출이 동결되었다. 2006년에는 일본에서 100억 원대 제품 수출을 요청받았지만 30억 원어치밖에 수출을 하지 못했다. 원료를 생산하는 데 시간이 걸리기 때문이었다. 2005년 7월에 일본 고요샤高陽社와 매년 300만 불 계약을 했고 2006년에는 500만 불의 수출을 했다.

특판 대리점 판매원이 2천 명에 육박한다. 그는 수출을 하면서 제품의 판매원들이 도라지의 연구 결과나 효능을 알아야 한다고 판단했다. 그래서 그들을 한국으로 데려와 연수를 실시해 농장을 직접 보게 하고 도라지의 효능을 자세히 알려 줬다. 2006년까지 일본 연수생 총 1,400명이 농장을 다녀갔다. 그들이 한국에 와서 지출한 경비는 지역 경제에 도움이 되었다. 앞으로는 더 많은 관광 수익을 올릴 것으로 기대한다. 그가 수출한 제품이 30억 원이라면 연수 결과 지역 경제에 40억 원 이상 도움을 준 것이다.

2010년 누적 수출 매출은 천만 불을 초과 달성했으며 일본 외 중국과도 의료 관광과 연계한 수출 전략을 추진 중이다. 또한 건강 기능 식품은 철저한 연구 개발과 인체 시험 등 유의성 검증을 거친 후 결과물을 제품으로 양산하며 해외 현지 특성에 맞는 전용 제품을 별도로 개발하여 수출 런칭을 하고 있다. 장생도라지는 한국 특산물로서 탁월한 천연물 소재 특성으로 인해 세계적인 관심과 주목을 받았다. 현재 해외 바이어 2천여 명을 비롯해 내국인 4천여 명이 장생도라지를 방문 견학하고 있다. 지자체의 관광 코스에 프로그램이 포함되어 지역의 관광산업에도 이바지를 하고 있는 것이다.

블루오션을 선도하는 차별화 전략

아직 식품과 약품의 구별이 어려운 시기이다. 도라지가 바이오 산업으로 거듭나려면 연구를 지속적으로 해야 한다. 즉 바이오산업의 선두 주자가 되기 위해 임상 실험이 필요하다. 그래서 장생도라지는 전북대와 함께 고혈압, 당뇨 등의 성인병에 대한 약리적 임상 실험을 진행했다. 그러나 건강 기능 식품 개별 인증을 위해서 임상 실험을 진행하려면 피실험자가 선천적 간 기능 저하자로 국한될 수밖에 없어 피실험자 선정이 제한적이다. 이러한 특성으로 인해 모집 인원을 충족시킬 수 없어 연구가 다소 늦어지고 있다. 간 기능 개선에 탁월한 시제품을 이미 생산 완료한 상태

'장인 정신과 경영 마인드의 만남, 장생도라지'
21세기를 여는 기업은 사회와 더불어 살아가야 한다고 믿는 이 대표는 임직원들과 함께
불우한 이웃을 돕고 일정 수익을 사회에 환원하는 사업을 추진하고 있다.

이므로 만약 연구 결과가 나오면 세계적인 아이템이 될 것이다.

도라지의 맛과 효능은 이영춘 대표의 아버지가 20년근 도라지를 만들었던 1989년부터 현재까지 구전으로만 이어져 왔다. 도라지의 맛이나 효능이 과학적으로 입증되면 국내는 물론이고 국제적으로 큰 이슈가 될 것이다. 여전히 그는 이 분야가 블루오션이라고 여긴다. 블루오션을 선도하려면 차별화된 전략이 있어야 한다. 그런 면에서 장생도라지에서 등록한 특허가 36건이어서 제도적인 장치는 충분하다. 하지만 도라지 효능에 대한 과학적인 입·증은 불가피한 현실이다.

그의 차별화 전략은 술 제조에서 두드러지게 나타났다. 처음 장생도라지로 술을 만들자는 의견이 나왔을 때 그는 반대를 했다. 장생도라지로 사람의 건강을 지키려고 했는데 술은 사람의 건강을 해칠 수 있다는 염려 때문이었다. 그러나 술은 과음하지 않으면 건강에 해롭지 않을 뿐만 아니라 장생도라지의 효용성을 입증할 수 있다고 판단했다. 그래서 '진주珍酒'가 출시되었고 다른 주류와 차별성을 강조했다.

다른 술은 수입 쌀과 정부 재고미를 사용하는 데 비해 '진주'는 지역에서 생산한 쌀을 사용했다. 또한 쌀을 도정해 바로 술을 담그는 방식으로 신선미를 유지했다. 제조 시설은 현대식으로 만들되 전통적 제조법을 그대로 유지했다. 술에 설탕을 넣으면 달착지근하지만 마신 후에 머리가 아프기 때문에 설탕을 전혀 넣지 않았다. 그는 소비자들이 장생도라지만의 차별성과 노력을 다 알 것이라고 믿는다.

또 다른 차별화 전략은 회사의 이름에서 찾아볼 수 있다. 처음 회사명은 '성호 다년생 도라지 영농조합법인'으로 너무 길고 복잡해서 외우기 힘들다는 약점이 있었다. 그래서 '장생도라지'라고 이름을 붙였다. 이름을 바꾸자 브랜드 가치가 높아졌다. 지금은 100억 원을 준다고 해도 이름을 팔지 않겠다고 한다. 전국 각지에서 사람들이 찾아와 장생도라지의 차별성을 배울 만큼 가치가 있기 때문이다.

농업이 가야 할 길

우리나라 농업이 열악해지는 이유는 농민들에게 당근과 채찍을 함께 주지 않고 당근만 주기 때문이죠. 그래서 비만과 고혈압이 발생했습니다. 김영삼 정부 이래 65조 원을 농업에 쏟아부었다고 했는데 오히려 자생력을 빼앗아 버렸습니다. 농민들에게 경영 마인드가 없다는 것이 문제입니다. 또 다른 문제는 마케팅 능력이 부족하다는 것입니다. 그래서 아무리 좋은 제품을 생산한다 해도 소비자에게 호응을 얻을 수 없었습니다.

경상남도 농업기술원장을 역임했던 김재호 원장은 신문 스크랩에 아이디어를 메모해 이영춘 대표에게 전해 주었다. '농업이 가야 할 길 - 벤처 농업, 디지털'이라고 적힌 메모였다. 농업에서 벤처가 가능할까 싶은 의구심이 들었으나 농업의 현실과 농업이 가야 할 길을 고민하는 한국벤처농업대학을 충남 금산군에 있는 폐교를 빌려 2001년에 설립했다. '정부에 의존하는 농업이 아니라 종업인의 자발적 참여를 유도하여 개개인의 창의력과 경쟁력을 강화하는 교육'을 실시하는 한국벤처농업대학은 법인체가 아니라 친목 단체에 불과했다. 법인체를 만들겠다는 것을 그가 반대했다. 그렇게 되면 사람들은 감투를 쓰려고 하고 논란이 빌생할 게 분명하기 때문이다. 그는 한국벤처농업대학의 1기 회장을 맡았다. 삼성경제연구원을 비롯해 여러 명사들이 강사료를 받지 않고 강의를 했다.

한국벤처농업대학은 10년 동안, 전 세계 규모가 큰 농업 경제에 밀려 고사 직전인 우리나라 농업을 등대처럼 지키고 우리나라 농업이 나아갈 길을 인도했다. 또한 고부가가치의 선진 농업을 저변화해 농업 부국이라는 원대한 꿈을 차근차근 일구어 내고 있다. 해를 거듭할수록 더 많은 농업 경영인들이 한국벤처농업대학을 졸업하고 있으며 우리의 실정과 시장 상황 등 현실에 맞는 혁신적 아이디어 농업 경영법들이 줄이어 창출되고 있다.

그는 전국에서 성공한 농업인들이 성공할 수밖에 없는 것은 차별성 때문이라고 했다. 자기만의 독특한 기술, 차별화된 전략, 인내와 열정과 끈기 등이 성공의 비결이었다. 작은 아이디어를 가진 상품은 다른 동일 상품에 비해 값어치가 더 높아지는 게 당연하다. 도라지가 식품이었지만 가공식품으로는 등록이 되어 있지 않아서 농림수산부와 보건복지부에 가공식품 등록을 했다. 그 외 도라지로 한국 전통 식품 인증을 받았다.

그렇게 해서 1999년에 장생도라지는 벤처기업으로, 2001년에는 이노비즈 기업으로 인증을 받았다. 수많은 벤처기업 중에서 제대로 된 벤처기업을 선정하자는 취지에서 만든 인증이 이노비즈이다. 경영자의 마인드와 제품 품질이 확실해야 이노비즈 인증을 받을 수 있다. 이러한 인증은 장생도라지에 대한 사람들의 인식을 바꾸어 놓았다.

현대사회는 대체 의학이 전 세계를 휩쓸고 있고, 친환경 농업 농산물에 대한 관심이 극대화되어 있다. 우리나라의 기후와 풍토의 특성으로 인한 탁월한 약성을 가진 농산물들을 신선 농산물 자체로 판매하지 않고 다양한 가공식품으로 생산하면 고부가가치를 올리고 수출을 할 수 있다. 그래서 장생도라지는 생명과학을 선도할 수 있는 바이오테크놀로지BT 회사로 거듭나려고 한다. 그동안 축적된 연구 개발 기술을 바탕으로 제약화도 추진 중이다. 장생도라지는 성장 가능성과 기술 경쟁력이 뛰어난 작지만 위대한 기업의 모습을 갖추려고 끊임없이 노력한다.

농업에서는 남들이 성공한 품종을 따라서 우르르 재배를 하는데 그렇게 하면 모두 망하기 마련이다. 농산물 생산이 과잉되면 소비의 한계가 발생해서 생산자는 이익을 내기 어렵다. 마치 로또 복권처럼 아주 운이 좋아야 성공을 할 수 있다. 그러므로 향토 자산을 이용해 사업을 할 때는 장생도라지와 같이 남다른 노력과 차별화 전략을 가져야 한다.

농업이 가야 할 길이 벤처 농업, 디지털이라면 이를 적극적으로 수용해 농촌에서 성공하는 농업인들이 많이 나와야만 된다. 그래야만 다 함께 잘사는 세상을 만들 수 있고 자연스레 사람들은 농촌으로 모일 수 있다. 앞으로 많은 위대한 기업들이 탄생해 농업 분야를 발전시키기를 기대해 본다.

3부
윤리적 소비가 세상을 바꾼다

우리 맛 만듦집

화성한과

우리는 소비자가 키워 주었어요

__ 화성한과

화성한과를 운영하는 강석찬 대표는 1985년에 화성으로 귀농을 했다. 농과대학을 졸업했지만 농업에 대해서는 아무것도 모르는 도시인이었다. 젊은 시절부터 농사를 짓지 않은 사람이 힘만 믿고 힘든 농사일에 적응하기는 쉽지 않았을 터이다. 나름대로 열심히 농사를 지었지만 농사꾼들도 농사를 지어 생활하기가 빠듯한 농촌에서 이 초보 농사꾼이 지은 농사는 해마다 빚만 늘려 주었다.

이 와중에 그가 아내 송희자 씨와 함께 시작한 것이 농산물 가공 사업이었고 그중에서도 우리 주곡인 쌀을 주원료로 삼아 만들 수 있는 전통 한과였다. 물론 한과 사업이 쉽지 않았으나 부부는 열심히 노력했고 전국에서 한과 기업으로서는 독보적인 존재가 되었다. 이 부부를 통해 귀농을 하면 농사만 짓는 것이 아니라 농산물 가공 사업이나 관련 업종에 종사할 수 있다는 가능성을 볼 수 있다.

농사의 '농' 자도 모르던 사람

강석찬 대표는 수원에 있던 서울대 농과대학 76학번이다. 농대를 졸업한 사람들은 대부분 농사를 지으려 하지 않았는데, 그는 1984년에 농민운동을 하기 위해 농촌으로 갔다. 농사의 '농' 자도 모르던 그는 이천에서 남의 집 일을 하며 농사를 배웠다. 그 후 농촌에 정착할 곳을 찾던 중 가톨릭여성농민회 간사였던 송희자 씨를 만났다. 1985년 송희자 씨와 결혼을 했고 화성에 정착했다.

화성은 부부의 고향도 아니었고 돈도 없어 땅을 장만할 수 없었다. 결혼하면서 받았던 축의금으로 귀농 자금을 마련해야만 했다. 먼저 전셋집을 얻고 마을에서 논 20마지기, 밭 10마지기를 얻어 농사를 시작했다.

힘으로 밀어붙이면 농사가 다 될 줄 알았죠. 농사일이 서투른 초보 농사꾼에게는 믿음이 가지 않아 경지 정리가 잘된 논밭은 사람들이 빌려 주지 않았어요. 남들이 하기 싫어하는 다랑이 농사를 지었는데 여름 장마철에는 논두렁조차 관리를 잘못해서 해마다 논두렁을 터뜨렸습니다. 논두렁 관리를 하면서 물이 넘치지 않게 수문 조절을 제대로 해야 하는데 이를 못하니 매번 논두렁을 터뜨리고 또 메우고를 되풀이했던 겁니다. 그렇게 몇 년간 농사를 지어 보니 농사라는 것도 기술자처럼 꾼이 필요하다는 느낌을 받았죠. 농사는 단지 힘만으로 짓는 것이 아니라 수많은 경험과 시행착오를 거쳐야 완성되는 분야인 것을 알게 된 것이죠.

강 대표는 농사를 지으며 매년 적자를 보았다. 그는 직접 생산한 경기미는 비싼 값에 내다 팔고 농협에서 값이 싼 정부미를 사먹었다. 그럼에도 불구하고 계속 빚이 늘어만 갔다. 농사를 지은 지 5년이 지나면서 빚이 1천만 원으로 늘어났고 그는 농사지어 빚을 갚기 힘들다고 판단했다.

이때부터 송희자 씨가 부업으로 미숫가루를 만들어 팔기 시작했다. 정확히 표현하면 판매가 아니라 친구들이 가난한 부부를 도와주기 위해 마련한 일거리였다. 부부는 비싸게 팔기보다는 사람들이 지속적으로 찾는 상품을 만들어야 한다고 생각했다. 그래서 농산물 가공에 관심을 가졌는데, 1986년에 한살림 농산이 설립되면서 가공생산자로서 한살림 농산 사업에 참여하게 되었다.

처음에는 마을 사람들과 함께 메주를 만들었다. 그런데 한살림이 요구한 금액에 물량을 맞출 수 없었다. 전통 장류를 만들어 항아리에 담아 그 항아리째 공급하려고 했으나 여전히 금액이 맞지 않았다. 그런 와중에 한살림에서 생산자들이 생산한 친환경 쌀을 전부 소비시키지 못해 친환경 쌀을 일반 쌀값으로 판매해야 하는 일이 발생했다.

이러한 현실을 타개하기 위해 한살림은 친환경 쌀을 원료로 한 가공품 생산을 그에게 제안했다. 송희자 씨는 좋은 기회를 놓칠 수 없어 전통 한과인 쌀강정을 만들기로 마음먹었다. 만드는 기술도 모르고 전에 만들어 보지도 않았는데 잘 만들려고 하니 고생과 시행착오가 많을 수밖에 없었다. 그렇지만 그녀는 아주 특별한 쌀강정을 만들려는 목표를 세웠다.

그녀는 모래에다 쌀을 튀겼다는, 옛날에 들은 이야기가 생각나

금붕어를 기르는 어항 모래를 사서 튀겨 보기도 하고 작은 자갈로 만들기도 하다가 결국에는 입안에 남는 모래 부스러기 때문에 실패의 기로에 직면했다. 그러다가 예전에 한과를 만들었다는 한 귀머거리 아저씨에게 맛의 비법을 알아냈다. 그 아저씨의 말을 잘 알아들을 수 없어 의사소통이 힘들었으나 결국 소금에다 쌀을 튀기는 것을 알아냈고, 마을 할머니한테서는 엿 고는 방법도 배웠다.

옛날 방식으로 한과를 만드니 맛이 좋을 수밖에 없었다. 그녀는 아는 지인들을 불리 모아 한과 맛을 시험해 본 끝에 완성품을 들고 한살림을 찾아갔다. 그렇게 해서 높게만 보였던 한살림의 문턱을 넘어갈 수 있었다.

소비자가 함께 만들었어요

화성한과는 1994년에 전통 식품 지원 육성 자금을 받았다. 그 자금을 받은 대다수 업체들은 전통 식품을 생산한 지 얼마 지나지 않아 경영 위기를 견디지 못하고 문을 닫았다. 불확실한 계획이나 목표를 설정하고 관의 협조를 막연하게 기대하며 자금에 욕심을 부렸던 탓이다. 그리고 지방자치단체는 업체별 능력과 환경을 고려하지 않은 상태에서 지역의 업체를 성장시키려다 보니 무리수를 두었던 것이다. 이에 비해 화성한과는 자금이 필요한 적절한 시기에 지원을 받아 자체 성장의 원동력이 되는 토대를 마련할 수 있었다.

화성한과는 처음부터 한살림이라는 국내 소비자 조직과 손을 잡고 한살림의 생산자로 출발했다.
가공업자라기보다는 가공생산자로서 1차 농업 원재료 생산자들과는 상호 호혜의 원칙을 세워 역할을 분담했다.

지역공동체 생산자들은 1차 생산 농산물의 이익이 적어 가공식품을 하려고 한다. 그러나 가공식품을 생산하려면 우선 식품 가공 공장 시설과 폐수 처리장을 갖추어야 한다. 기본적으로 들어가야 하는 초기 투자 비용 부담 외에도 많은 어려움이 뒤따른다. 이런 연유로 자본을 가진 사람들이 중심이 돼서 가공식품 산업을 운영해 나가기가 쉽다. 그러나 자본은 이익이 창출될 수 있도록 원재료 수급에서 보다 싼 원재료를 요구하게 될 것이고 고용 인건비도 가능하면 덜 주려 할 것이다. 그렇게 되면 1차 생산자나 생산 노동자와 자본은 긴장 관계를 유지할 수밖에 없다. 지역공동체 구성원들이 보다 큰 부가가치를 창출시키기 위해 만들어 낸 가공생산 경영이 도리어 자신들을 옥죄는 도구가 된다는 말이다. 결국 대기업이나 수입 식품 업체들을 중심으로 가공식품을 생산하는 구조와 별반 다르지 않게 된다.

　　이를 위해 자본 조성에서부터 한두 명이나 소수의 사람들만이 소유하는 것보다는 생산 공동체 구성원들이 (원료 공급자도 참여하고 실제 경영을 하는 사람도 참여하는, 심지어는 소비자들도 함께) 참여하는 생산 공동체가 더 바람직한 방향이 아닐까 싶다. 여기에 국내 가공생산자들을 보호하고 지원할 수 있는 법률이 제정되어야 한다. 작은 규모의 가공생산을, 그것도 국산 농축산물을 원료로 가공생산을 하는 생산자를 보호하고 육성하는 법률과 조례 등이 제정되어야 한다. 물론 FTA에 위배된다고 반박할 수 있다. 또 무분별한 가공업의 남발과 자금의 집행에 이의를 제기할 수 있다. 그러나 기본적으로 국내 가공생산자들을 보호 육성하려는 의지가 있고 좀 더 정확한 집행과 감사가 병행된다면 이는 극복할 수 있는 일이다.

　얼마 전부터 정부는 유기 가공식품 인증을 추진하여 집행하고 있다. 그런데 유기 식품 인증이라는 대의명분에 비해 우리 국내 농업에서 유기 농산물이 차지하는 비중은 과연 얼마나 되는지, 유기 가공식품을 생산하기 위한 국내 자립 기반은 고려가 되어 집행되고 있는지 궁금하다. 우리의 친환경 유기 농산물은 우리나라에서 생산된 전체 농산물의 6퍼센트를 차지할 뿐이다. 쌀과 채소 품목을 제외하면 유기 농산물이 거의 없다.

　농민들이 의지가 없어서가 아니고 그만큼 유기 농업을 할 수 있는 여건이 마련되지 못했다는 것이다. 우리나라 기후 조건으로도 그렇고 유기 농업에 대한 정부 측 시선도 그렇다. 기본적으로 농업을 비교 열위 산업으로 치부하는 한 이런 시각을 교정할 수는 없을 것이다. 그 결과 제품에 들어가는 원재료를 대부분 값싼 수입산으로 대체할 수밖에 없고 국내 농업과 가공식품 산업의 연관성은 점차 희박해질 수밖에 없다. 결국 가공식품 산업도 수입업자의 손에 넘어가는 현실을 초래하게 된다.

　그렇지만 화성한과는 처음부터 한살림이라는 국내 소비자 조직과 손을 잡고 한살림의 생산자로 출발했다. 가공업자라기보다는 가공생산자로서 1차 농업 원재료 생산자들과는 상호 호혜의 원칙을 세워 역할을 분담했다. 또한 적시에 정부의 정책 자금 지원이라는 행운도 따라 지금의 성장을 이룰 수 있는 토대를 마련할 수 있었다.

　그러나 무엇보다도 한성한과의 성장 배경에는 가장 중요한 소비자가 있었다. 한성한과의 제품이 질적으로 미숙했던 초창기였다. 한살림 소비자들은 화성한과의 부족한 제품을 그저 맛이 없다고 외면하기보다 어떻게 하면 자신들이 먹을 수 있는 질 좋은 한과로 만들 수 있을 것인가를 생산자와 함께 고민했다. 어떤 소비자는 전화를 해서 한과 맛을 내는 방법을 자세히 알려 주기도 했고, 또 어떤 소비자는 공책에 한과 만드는 법을 적어 보내기도 했다. 심지어 한 소비자는 시어머니를 모시고 와 1박 2일 숙식을 하면서 그 비법을 전해 주기도 했다. 물론 화성한과의 성장에는 운영자들의 노력이 있었지만 이처럼 소비자들과 함께 만들었기에 그 의미가 남다른 것이다.

화성한과는 매년 한두 가지씩 품목을 늘려 매출을 늘려 나갔다. 또한 과도한 투자를 하지 않았고 매년 조금씩 투자를 해서 경영을 합리적으로 했다. 이 경우에도 소비자들이 외면하지 않고 기다려 줄 수 있는 호혜의 정신이 있었기에 가능한 일이었다. 소비자들은 화성한과를 지탱하게 해 준 큰 힘인 것이다.

화성한과의 남다른 3무 방식

보통 공장에서 엿을 만들 때 추출된 효소를 이용하는데 대부분이 수입산이다. 화성한과는 우리나라 땅에서 경작된 보리의 효소, 즉 엿질금을 사용한다. 친환경 가공식품을 생산하는 사람들은 국산 농산물을 가공한다고 하지만, 99퍼센트가 국산 농산물 효소이고, 1퍼센트는 수입산 농산물 효소를 사용한다. 마찬가지로 화성한과에서도 100퍼센트 국내산 효소를 사용해도 사탕수수로 만든 설탕이 수입산이기 때문에 100퍼센트 국산이라고 말할 수 없다.

모든 생산물은 만들어질 때가 가장 맛이 있다. 그래서 화성한과의 상품은 유통기한이 3개월이다. 타 업체 상품의 유통기한이 6개월이라는 점을 감안한다면 화성한과는 생산물의 맛을 지킬 수 있도록 유통기한을 최대한 줄인 것이다. 또한 화성한과는 신선한 생산물을 소비자에게 안겨 주기 위해 주문 생산 방식을 채택했다. 소비자가 한과를 주문하면 3일 이내에 제조해 공급한다. 그리고 소비자가 믿고 먹을 수 있도록 국내에서 유일하게 제조일과 유통기한을 상품에 표기했다.

한과는 기름으로 튀기는 유탕 처리를 하는데 처음에는 콩기름 대두유를 사용했다. 하지만 유전자변형농산물GMO이 문제가 되면서 미강유米糠油를 사용하기 시작했다. 한과 제조는 기름이 소모되면 기름을 보강하고 기름이 탁해지면 정제를 한다. 그러나 화성한과는 4~5시간 한과를 튀긴 기름을 4일 사용한 후 폐기한다. 그 폐유는 비누 만드는 곳으로 보낸다.

강 대표는 친환경 농산물 시장을 더 발전시키기 위해 3무無 식품을 만들려고 노력했다. 이 3무 식품은 친환경 원재료를 쓰는 이상으로 그 만드는 과정에서 사람에게 폐해를 일으키는 3가지 방법을 배제하는 것이다.

화성한과는 '화학 첨가제를 쓰지 말자' 가능하면 '화학 기름에 튀기거나 화학 기름을 넣지 말자' '설탕을 쓰지 말자' 라는 세 가지 방향을 가지고 있습니다. 특히 '동그랑 쌀과자' 는 3무 과자죠. 3무

'화학 첨가제를 쓰지 말자'
'화학 기름에 튀기거나 화학 기름을 넣지 말자'
'설탕을 쓰지 말자'
화성한과는 친환경 원재료를 쓰는 이상으로
그 만드는 과정에서 사람에게 폐해를 일으키는
3가지 방법을 배제한다.

를 내세우는 곳은 화성한과밖에 없습니다. 이러한 3무를 우리의 색깔로 만들려고 합니다.

　우리의 조상들은 찹쌀을 열흘 정도 물에 담가 놓고 삭혔다. 그렇게 담가 놓은 찹쌀로 유과를 만들었다. 그러면 자연스럽게 효소가 생기지만 한과를 만드는 데 실패할 가능성이 높다. 이런 실패를 겪지 않기 위해 다른 생산자들은 베이킹파우더와 같은 발효제를 첨가하여 삭히기도 한다. 그러나 경제적인 효과만을 위해 생산물에 넣지 않아도 되는 성분을 생산물에 넣는 것은 소비자가 원하는 더 좋은 생산 방법을 포기하는 행위이다.

　식품위생법상으로 발효제를 첨가하는 게 문제가 없다고 해도 3무와 같은 생산 방법을 채택하는 게 더 가치가 있다. 화성한과는 기름에 튀기지 않는 유과, 튀기지 않고 구운 우리밀 약과 등을 만들어 특허 출원을 했다. 이처럼 화성한과는 3무 식품을 개발해 상품화하기 위한 노력을 게을리하지 않는다.

생산자와 소비자가 공동투자를

　가공은 기계를 쓰면 생산의 효율성이 올라간다. 예를 들어 한 살림이 소비해 주는 것은 10봉지인데 화성한과에서 기계를 도입하면서 100봉지를 생산했다. 화성한과의 연간 매출이 3억 원에 근접할 무렵 한 백화점에서 연간 4~5억 원의 매출을 낼 수 있다며 입점을 부추겼다. 그러나 강석찬 대표는 화성한과가 가야 할 길이 아니라고 여겼다.

백화점과 계약을 하면 가격이나 물량을 맞추기 위해 양산 체제로 방향을 잡아야 하고 시설 보강을 해야 한다. 백화점은 쌀값이 내렸으니 값을 내리자, 명절 행사로 10봉지 사면 1봉지는 덤으로 주자는 등의 요구를 할 것이고 업체는 백화점이 원하는 대로 맞추어야 한다. 그렇게 되면 양산 체제에 맞추어 무리하게 보강한 시설을 유지하기 위해 그 요구에 응하지 않을 수 없게 된다. 또한 백화점에 입점하려는 업체가 너무 많기 때문에 언제 자리를 빼앗길지 모를 일이다.

그동안 화성한과는 느리게 성장했다. 화성한과는 과자의 품종을 매년 한두 개 늘리는 식이었고 한살림과 생협 시장에서만 거래했다. 한살림과 생협은 조합원이 조합비를 내고 화성한과의 생산물을 구매하기 때문에 일반 시장에서 상품을 고르는 소비자와 대우를 똑같이 할 수 없다. 그렇기 때문에 백화점은 화성한과의 직거래 원칙과 달랐다. 백화점에서 팔리지 않는 상품은 반품을 받아 주거나 세일을 해야 한다. 농민이 땀 흘려 만든 친환경 농산물이기 때문에 그럴 수 없었다. 이와 같이 여러 가지 이유로 화성한과는 백화점에 입점을 하지 않기로 했다.

화성한과는 개인 사업자이다. 개인 사업자가 과도한 시설에 투자해서 위험 부담을 갖는 것이 문제였고 그에 따른 이득을 개인이 챙기는 것도 문제였다. 가공 정책에서 가장 최선의 길을 한살림이 고민했다. 이에 한살림은 생산자와 소비자가 공동투자로 결합하는 방식을 선택했고 이것은 앞으로 가공 정책의 모델이 될 가능성이 높다.

아산의 푸른들영농조합에서 1차 생산자인 농민들이 투자를 해서 가공 공장을 지어 운영했다. 여기에서 발생하는 공과功課를 1차 생산자에게 배분했는데 이는 한살림이 기획해서 이룬 성과였다. 항상 소비자와 생산자가 한살림 내에서 함께 상생했지만 대척점은 존재했다. 소비자는 안전한 먹을거리를 보다 싸게 구매하고자 했고 반대로 생산자는 생산물을 비싸게 판매하려고 했던 것이다. 한살림은 이러한 시차를 해결하는 방법으로 자본의 공동투자를 내세웠다.

친환경 유기농 시장에서 한살림이 60퍼센트의 비중을 가졌지만 현재는 18~20퍼센트를 차지한다. 나머지 비율은 백화점 식품 매장이나 대형 매장의 유기농 코너에서 소화한다. 더구나 가공식품은 99퍼센트가 수입산 유기 가공식품이거나 수입산 원료로 가공한 제품이므로 1차 생산물만으로는 국내 친환경 농업이 살아날 수 없다. 이런 상황에서 가공식품이 중요하게 대두된다. 농업은 1차 생산물을 중심으로 가공, 유통, 문화, 환경까지 포괄해야만 경제문제를 해결할 수 있다. 그동안 대기업이 가공식품을 주도하면서 생산자와 긴장 관계를 유지하고 있는데 가공식품이 유기농 시장에서 차지하는 비중이 높다는 점을 간과해서는 안 된다.

수출하기 위한 가공식품 생산은 자본주의의 무한 증대와 최대 이익 산출에 불과합니다. 그렇게 된다면 자본주의 논리에 쉽게 빠질 수 있죠. 우리가 어느 정도 성장한다고 해도 개인이 계속 유기농 시장을 유지해 나가기는 매우 힘듭니다. 공동체 형태로 바꿔 나가야 하죠. 공동체가 참여하는 가공 공장이 되어야 오래 지속시킬 수

있습니다. 화성한과와 같은 가공 공장이 지역마다 하나씩 생겨야
합니다. 물론 화성한과와 같은 개인 사업체가 아닌 공동체가 운영
하는 사업체로서 말입니다.

사회와 함께, 사람과 사람이 만나는 관계로

일반 관행 농업과 친환경 농업은 다르다. 친환경 농업은 단순
히 생산을 많이 해서 이윤을 많이 창출하는 데 목적을 두지 않는
다. 안전한 먹을거리 자체가 중요하지만 먹을거리를 생산하는 과
정을 더 중요시한다. 곧 결과보다는 과정에서 친환경적이어야 한
다는 것이다. 이를테면 겨울에 비닐하우스를 지어 연료를 때고
온풍기로 온도를 맞추어 농산물을 생산하는 것이 유기농의 취지
에 맞지 않다는 것이다.

시민발전소 박승옥 대표는 화성한과 공장 지붕에 태양광발전
소를 만들자고 제안을 했다. 친환경 제품은 친환경 연료로 만들
어야 한다는 취지였다. 2010년 하반기에 화성한과 공장 지붕에
태양광발전소를 준공할 수 있었다. 공장 전체에서 쓰는 전기량에
비하면 아직 한참 부족하지만 친환경 생산을 하는 입장에서는 늦
출 수 없는 일이었다.

1997년에 우리 사회 전반에 친환경 유기농 분위기가 퍼지면서
한살림은 크게 성장했다. SBS의 TV 프로그램 '잘 먹고 잘 사는
법'이 방영되면서 사람들은 갑자기 유기농 애호가로 바뀌었다.
그렇다 보니 한살림에서는 공급 물량을 맞추기 위해 생산자를 대

폭 늘릴 수밖에 없었다. 그런데 2003년부터 유기농 분위기가 한 풀 꺾이기 시작했다. 한살림과 쌀 생산 계약을 하면 전부 판매될 것으로 예상했으나 경제성장이 둔화되면서 쌀이 남아돌았다. 생산자와 한살림은 대안을 세워야 했다. 한살림은 생산자들에게 생산물을 공급받으면서 1퍼센트를 생산자 기금으로 모아 두었다. 그 돈이 5~6억 원이 되었고, 일반 쌀 시장에 판매할 수 있도록 유기농 쌀의 차액을 기금으로 보조했다.

또한 한살림은 달걀이 남으면 소비자들과 달걀 사 먹기 운동을 실시했다. 생산과 수요를 맞추기가 어려운 딸기는 생산자와 계약을 한 후 판매했고 남는 물량을 잼으로 만들었다. 그렇게 하여 생산물이 초과될 경우를 대비할 수 있었다. 한살림은 '한살림답게'와 '사회와 함께'를 고민했다. 그래서 유기 농산물의 소비층을 부유층보다는 중산층이나 독거노인과 같은 취약 계층에 맞추기로 했다. 어느 정도 사회적 책임을 짊어져야 한다고 생각했기 때문이다.

지금까지 화성한과가 친환경 유기농 가공 시장에서 선구자 역할을 해 왔다고 해도 과언이 아닐 것이다. 강석찬 대표는 이제 우리의 농업과 화성한과가 함께 살아갈 수 있는 길이 무엇인지를 고민해야 할 때라고 했다. 그는 소비자들과 생산물만으로 만나는 관계가 아니라 사람과 사람이 만나는 관계로 이어질 수 있는 방법을 고민하고 있다. 화성한과는 지금 개인 사업자가 아니라 공동체에 기꺼이 참여할 수 있는 가공생산자로 거듭날 준비를 하고 있다.

유기농 상품보다 유기농 생활을 팔아요
___ 무공이네

1999년부터 생협을 제외하고 인터넷에 친환경 농산물을 다루는 곳으로 풀무원 계열의 올가Orga, 동원홈푸드에서 운영하는 이팜efarm이 있다. 그리고 무공이네가 세 번째로 사이트를 오픈했다. 2002년부터 한겨레신문사에서 진행했던 초록마을이 프랜차이즈 시스템을 도입하면서 유기농 식품 전문점이 급속도록 확대되었다. 초록마을 이후 녹색가게 신시가 나오면서 200여 개, 100여 개씩 가맹점을 모집했다. 식품 대기업인 삼양사에서 구텐모르겐, 오뚜기 계열사인 조흥에서 허클베리팜스, 한국동아제분이 유기농하우스를 인수하여 해가온으로, 대성그룹이 웹베이라는 쇼핑몰로, 케이지케미칼에서도 유기농 매장 사업에 진출했다.

사회적으로 소비자의 관심도 예전보다 많이 증가했다. 국가 차원에서도 세계자유무역협정으로 우리나라 농업의 미래를 친환경 농업에서 찾고자 하는 노력을 기울이면서 지속적으로 친환경 농업과 농산물 유통이 확대되고 있다. 이처럼 친환경 농산물에 대해 대중적인 관심이 높아질 수 있도록 유기농의 참뜻을 전파했던 무공이네 오종석 대표를 만났다. 그에게서 친환경 농산물 유통에 얽힌 유기농 이야기를 들어 보았다.

복잡한 농산물 유통의 거품을 빼다

'농산물 유통이 복잡하고 중간에 가격의 거품이 생긴다.'

무공이네 오종석 대표는 이러한 단순한 생각에서 농산물 유통을 시작했다. 그는 듣기만 해도 복잡하다고 여길 수 있는 프로그래머 출신이다. 그는 중단 단계를 거치지 않고 농민이 농산물을 소비자와 직거래하면 값이 싸질 수밖에 없다고 생각했다. 그러한 생각을 김장용 배추로 시도했다. 막상 거래를 해 보니 생각과는 많이 달랐다. 배보다 배꼽이 컸던 것이다. 배추 한 포기가 1~2천 원이고 몇 포기만 넣으면 박스가 꽉 찼다. 그런데 만 원이 채 되지 않았다. 농산물의 원가는 매우 저렴했지만 배송 비용이 6천 원이니 만만치 않았다. 또한 생산지 조건이 좋지 않아서 무공이네가 주문한 농산물을 바로 포장해서 보낼 수 없었다.

그리고 생산지에서 보낼 때는 박스 단위 혹은 3~4만 원 이상의 금액이 되어야 보낼 수 있었다. 그러한 상황이 가장 어려운 점이었다. 사회가 발달하면서 가족 구성원은 줄어드는데 판매자는 판매 단위를 박스 단위나 묶음 단위로만 진행해야 했고 주로 인터넷을 이용하는 젊은 주부들은 다양한 품목을 소량으로 구매하고 싶어 했다. 이처럼 판매자와 소비자의 입장 차이는 객관적인 한계를 만들었다.

오종석 대표는 1999년 무공해 농장으로 사업자등록증을 내고 전국으로 생산자를 만나러 돌아다니면서 친환경농업육성법이 있다는 것을 알았다. 1998년 친환경농업육성법이 제정되면서 무공해, 저공해, 천연, 자연 등 소비자들이 혼돈할 수 있는 용어로 친환경 농산물 유통 관련 사업자를 낼 수 있었다. 그래서 그는 2000년 1월 인터넷 쇼핑몰을 오픈하고 곧바로 무공해 세상을 열어 가는 아이를 무공이로 설정하고 이웃 같고 친구 같은 무공이네를 만들자는 뜻으로 무공이네로 이름을 지었다.

그는 후배와 함께 컴퓨터 두 대와 후배가 가지고 있던 봉고차 한 대로 광진구 구의동 반지하 방에서 친환경 농산물 유통 사업을 시작했다. 오픈 후 한두 달은 거의 매출이 없었다. 주변 지인들의 도움으로 간간이 매출을 내는 수준이었다. 후배와 둘이 일을 하면서 월급을 제대로 가져갈 형편이 되지 않았고 6개월간 보수 없이 일을 도와주었던 선배도 있었다.

사이트 오픈 이후 7개월 정도 지나서 송파구 풍납동 뒷골목에 7평 남짓 되는 구멍가게 매장을 열었다. 그것이 무공이네의 첫 물류 거점이자 오프라인에서 소비자를 만나는 첫 매장이었다.

반지하에서 유통 사업을 할 때는 농산품을 직접 보유하지 않고 생산지에서 직접 발송하는 시스템이었다. 그렇지만 풍납동 매장에서는 적은 수량이지만 상품을 두고서 판매할 수 있었다. 시골의 어머니가 직접 짠 참기름 들기름도 가져다 진열하기도 하고, 무공이네보다 먼저 시작한 매장에서 물건을 받아 진열하면서 매장의 모양새를 다듬어 가기 시작했다. 물건을 선별하는 명확한

오종석 대표는 무공해 세상을 열어 가는 아이를 무공이로 설정하고
이웃 같고 친구 같은 무공이네를 만들자는 뜻으로 무공이네로 이름을 지었다.

기준이 없어 업계에서 가장 먼저 시작한 한살림을 비롯하여 생협에서 판매하는 상품을 우선적으로 취급했다.

그렇게 한두 가지씩 늘어난 품목이 지금은 1,500여 종류가 되었고 무공이네 스스로의 기준을 두어 상품을 선정하고 개발했다. 초기에 무공이네를 알리기 위해서 자연농업협회에서 교육을 담당했던 임영규 씨가 일 년 동안 환경운동연합의 주말 농장 자원봉사를 했다. 그 계기로 환경운동연합과 명절 선물 판매전을 개최하면서 무공이네는 자리를 잡을 수 있었다. 그 다음 해에는 녹색연합과도 함께 진행했다. 그래서 지금도 지속적으로 소비자들과 함께 환경 단체에 기부 활동을 전개하고 있다.

무공이네는 유통 사업을 시작하고 1년 6개월이 지나서야 최소한의 생활비를 가져갈 수 있었다. 그리고 2년이 지나면서 조금씩 나아졌다. 그래서 2002년 매출이 늘어나면서 경기도 하남시에 조그마한 물류 센터를 만들게 되었다. 2002년 SBS에서 방영한 '잘 먹고 잘 사는 법'이 사회적으로 이슈가 되면서 우리나라 대표적 농산물 판매장인 양재동 농협 하나로마트에서 친환경 채소가 동이 날 정도였다.

함께했던 후배 결혼식이 2002년 1월 13일이었는데, 새벽에 사이트에 들어온 주문량을 확인하는데 시스템이 고장 난 것으로 착각할 정도로 주문량이 폭주했어요. 생시인지 꿈인지 확인하기 위해서 허벅지를 꼬집었죠.

그 당시 주문량을 해결하지 못해 홈페이지에 주문을 받지 못하는 안내문을 띄우고 쇼핑몰을 닫았던 그날을 오종석 대표는 회상했다. 평소 3천만 원 매출을 올리다가 방송이 나간 이후 1억 3천만 원으로 매출이 증가되었다. 사업 초기에 1년 매출이 1억 원도 되지 않았는데 2002년에는 8억 원이라는 매출을 올리고 2008년에는 80억 원이라는 매출을 올릴 정도로 성장했다.

신뢰와 서비스의 질을 더 높여라

무공이네 운영 방식은 생협에서 아이디어를 얻어 탄생했다. 초기 생협은 대부분 안전한 먹을거리를 보급하고 공동체적인 삶을 지향하는 운동 차원에서 시작되었다. 그렇기 때문에 소비자의 편리성보다는 안전성과 운동성에 그 초점을 두었다. 무공이네는 생협에서 소비자가 불편하게 여겼던 점을 사업에 접목시켰다.

이를테면 생협은 정해진 요일에만 상품을 공급하는 방식이지만 무공이네는 소비자가 필요로 하는 시점에 공급하는 시스템을 도입했다. 특히 무공이네는 전국 어디서나 주문하면 다음 날 배송되는 시스템을 도입해서 편리성을 높였고 2003년부터는 수도권에는 오전에 주문하면 오후에 냉장차로 배송하는 시스템을 도입했다. 그것이 초기 무공이네가 시장에 진입할 수 있었던 매우 중요한 요인이다.

또한 무공이네는 소비자 게시판을 활성화해서 무엇보다 소비자의 신뢰를 높여 나갔다. 소비자들이 궁금해하는 사항에 대해 즉각적으로 응대했고 게시판을 통해 친환경 농산물이 재배되는 과정이나 특징을 자세히 교육하는 역할을 수행했다. 일반 농산물의 기준이 크기와 모양, 맛, 빛깔이지만 친환경 농산물은 무엇보다 안전이 가장 중요한 선별 기준이다. 그 때문에 못생기고 흠집이 있는 것에 대해 소비자들에게 교육할 수 있는 장으로 활용되기도 했다.

게시판은 소비자와 소통하는 채널이며, 소통은 곧 신뢰를 가져다준다. 부족한 것은 채우고 이해가 부족한 부분을 알려 주는 좋은 기능이 게시판인데 소비자 불만이 무서워서 게시판을 오픈하지 못하는 경우도 있다. 하지만 무공이네는 적극적으로 활용하여 오히려 장점이 되도록 한 것이다.

예전에는 소비자들도 먹을거리에만 관심이 높았지만 이제는 생활 전반으로 관심이 확대되고 있어요. 그것은 환경오염이 심화되고 지구온난화가 가속화되면서 기후변화가 심각하게 진행되고 있기 때문입니다. 또 환경호르몬의 피해가 급속하게 증가하면서 유기농 상품에 대한 소비가 증가하고 있어서지요. 그래서 2005년부터 무공이네는 건강과 환경을 함께 생각하는 라이프 스타일인 로하스를 지향하고자 노력했습니다. 그것이 로하스 문화 축제와 로하스 회원제(현재 참이든 회원제), 대안 화폐 로하스 머니 제도 도입 등으로 단순히 상품만 판매하는 곳이 아니라 친환경 생활문화를 만들어 가는 기업이 되고자 노력하고 있어요.

무공이네가 2001년부터 시작한 체험 행사는 체험과 견학 위주로 진행했다. 하지만 지금은 1박 2일 행사를 진행하면서 교육이

어우러진 체험으로 진화했다. 또한 생산자와 만나고 그들이 살아가는 모습을 공개함으로써 소비자의 신뢰를 키워 가고 있다.

인증 기관에서 유기농 상품 인증을 획득할 수 있지만 무공이네는 그것보다 농사에 관한 기록을 담은 영농 일지를 더 중요시한다. 같은 무농약 재배 농산물일지라도 대단지에서 집단적으로 재배한 농산물이 있고 한 농민이 인증 제도가 없던 시절부터 10여 년 이상 꿋꿋하게 소비자의 건강을 생각하며 생산한 농산물도 있다. 그렇기 때문에 무공이네는 생산자의 철학을 더 많이 공개하려고 노력했다.

요즘 귀농 인구가 증가한다. 그런데 대단위 농사를 짓기 위해서 귀농하는 사람들이 있지만 그보다 생태 농업, 생태적인 삶을 살아가기 위해 귀농하는 사람들이 많다. 그들은 귀농 초기에 인증을 받을 수 없지만 농사만큼은 양심적으로 짓고 있다. 그래서 무공이네가 믿고 거래할 수 있는 농산물을 생산하는 농가가 있다. 그러한 농산물을 자세히 소개하고 판매할 수 있어야 한다. 예전 인증 제도가 없을 때 생협의 활동 방식이다. 무공이네는 그런 방식을 높이 사고 적극적으로 벤치마킹했다.

친환경 농산물이 활성화되려면 "신뢰와 함께 가격에 대한 극복이 매우 중요하다"고 그는 말한다. 가격을 극복하는 데에는 무엇보다 생산자, 소비자, 유통 업체가 함께 노력해야 한다. 그는 대안으로 유료 회원제라는 제도적 시스템을 내세웠다. 소비자가 일정 회비를 내면 유통 업체가 안정적이고 계획적으로 운영됨으로써 경영의 효율성을 높일 수 있다. 나아가 생산자는 안정적인 출하를 할 수 있고 생산에 집중할 수 있다. 그래서 무공이네는 2006

일반적인 유통은 갑과 을의 관계가 존재하지만
무공이네는 함께 살아가기 위한 공생의 조건을 더 중요시한다.
그리고 최고의 결과를 위한 최선의 과정을 중요시한다.
그래서 매년 생산자와 소비자가 함께 만나는 로하스 문화 축제를 연다.

년부터 참이든 회원 제도를 구축했다. 이러한 제도가 가격 경쟁력을 가져왔다.

참이든 회원 제도는 한 달에 10만 원 이상 구매하는 회원이 회비 1만 5천 원을 내면 평균 20퍼센트 할인을 받을 수 있는 제도이다. 일반 상품에 비해 크게 비싸지 않은 수준이다. 유료 회원제를 도입하면서 평상시 한 달에 20만 원어치 먹는 소비자가 35~40만 원까지 더 소비했다.

과거에는 소비자들이 쌀, 채소, 과일만 샀는데 회원 제도가 생긴 이후로는 아이들에게 필요한 다양한 생활재까지 구매했기 때문이다. 무공이네의 유료 회원제의 가장 큰 특징은 한 아이디로 한 사람만 사용할 수 있는 게 아니라 하나의 아이디로 가족, 이웃, 직장 동료와 함께 사용할 수 있다는 것이다. 또한 전국 어디나 배달되는, 지역적인 한계도 뛰어넘었다는 장점이 있다.

무공이네는 '무공아이 Eye'를 30명을 뽑아 서비스 및 품질에 대한 평가를 받는 모니터 제도를 실시한다. 무공아이는 사이트에서 일어나는 각종 이벤트나 체험을 비롯한 각종 행사에 참여하여 무공이네 활동에 의견을 제시한다. 이렇게 소비자와 소통이 늘어나면서 지방의 한 소비자가 서울에서 돌잔치를 할 때 무공이네 직원들을 초대하기도 했다. 그 소비자가 임신한 사실을 알고 아이가 태어났을 때 산후 조리에 도움이 되는 고기와 미역을 무공이네가 선물하면서 관계를 맺었던 것이다. 소비자에게 단순히 상품만을 판매하지 않고 소비자와 소통하고 따뜻한 정을 나누었기 때문에 가능한 일이었다. 어느 소비자가 무공이네에 보낸 글을 보면 무공이네를 잘 알 수 있다.

문득 무공이네는 상품을 만나는 곳이기 이전에 사람을 만나는 곳이라는 생각이 듭니다. 상품을 만드시는 분들, 그 상품을 찾아내 소개해 주시는 분들, 또 함께 그 상품을 아끼고 사랑하시는 분들. 사람은 뒤에 숨어 있고 상품만 보여 주는 것이 아니라 상품과 함께 사람들을 보여 주기에 상품을 보면 사람들이 궁금해지는 그런 곳이 아닐까 싶습니다.

무공이네처럼 소비자와 친해지고 가까워지는 것이 작은 기업이 살 수 있는 길이다. 현재 무공이네 홈페이지 온라인 회원은 4만여 명, 매장 회원은 6만여 명이어서 전체 회원이 대략 10만 명이 될 정도이다. 또한 무공이네의 매장은 40여 개로 늘어났다.

유기농 경영이 해법이다

무공이네가 다른 유통 업체와 다른 점은 유기농 상품만을 다루는 것이 아니라 운영 시스템 자체가 유기농 경영을 하고자 한다는 것이다. 착한 생산자, 현명한 소비자, 투명한 무공이네가 서로서로 유기적인 관계를 맺고 있다. 일반적인 유통은 갑과 을의 관계가 존재하지만 무공이네는 함께 살아가기 위한 공생의 조건을 더 중요시한다. 그리고 최고의 결과를 위한 최선의 과정을 중요시한다는 점이다. 그래서 매년 생산자와 소비자가 함께 만나는 로하스 문화 축제도 개최하고 일 년에 7~8회 생산지 체험 및 견학도 진행한다.

소비자들이 직접 생산자를 만나고 그 현장을 체험함으로써 신뢰를 가지고 상품을 이용할 수 있다. 그리고 소비자가 무공이네와 접하는 기회를 자주 만들어 자연스럽게 투명한 유통 업체라는 인식을 심어 주었다. 대부분 생산자를 중심으로 공개했지만 무공이네는 생산자와 소비자를 연결하는 역할을 했다. 무공이네를 소비자에게 자주 공개함으로써 무공이네 상품을 믿고 이용할 수 있도록 한 것이다.

그리고 웹 사이트에서는 대안 화폐 로하스 머니 제도를 운영한다. 상품 구매만 하는 것이 아니라 상품을 구매하고 평가하고 의견을 내고 궁금한 것을 묻고 답하고, 요리법을 공개하는 등의 일상적인 참여를 하거나 시기별로 이루어지는 이벤트 행사들에 참여하면 로하스 머니가 발생된다. 그것을 배송비로 쓰거나 상품을 구매할 때 이용할 수 있다.

앞으로 무공이네는 로하스 머니를 기부할 수 있는 수단으로 활용할 계획이다. 유기농이라는 것은 단순히 혼자 잘 먹고 잘사는 것이 아니라 더불어 살아간다는 인식이 있어야 한다. 그렇기 때문에 시스템적으로 이를 구현하여 소비자들이 단순히 소비만 하는 게 아니라 자신의 소비와 참여가 생명을 존중하고 이 사회를 건강하게 만들어 가는 데 기여한다는 인식을 지녀야 한다.

무공이네의 오프라인 매장에서 진행하는 사례를 봐도 생명을 존중하는 인식을 볼 수 있다. 구리 직영점에서 매주 토요일 매출의 2퍼센트와 비닐봉투 사용시 받은 50원을 모아 지역 결식 아동 돕기에 기부한다는 것이다. 그래서 구리시에서 운영하는 희망 나누기 WE START 매장으로 인정받았다. 이처럼 무공이네는 생각과 생활이 유기농이 되고자 노력한다.

이제 유기농 상품에 대한 소비자의 인식이 확대되어 보편화되는 추세이다. 이런 변화 속에서 전문점이 나아갈 길은 좀 더 전문화되어야 한다는 것이다. 대형 유통 업체를 비롯해 일반 유통 업체들은 소비자가 유기농 상품을 찾는다는 이유로 구색 맞추기 식으로 상품을 준비한다.

하지만 유기농 상품 전문점들은 출발점이 다르다. 이러한 전문점은 유기농 상품의 대중화를 위해 활동하기 때문에 지속적으로 상품을 개발하고 상품에 담긴 소중한 이야기를 소개한다. 또한 판매자도 상품에 대한 전문적인 지식뿐만 아니라 모범적인 실천을 통해 친환경 생활이 보편적인 가치가 되도록 하는 전문가가 되어야 한다. 무공이네에서는 우리나라에 하나뿐인 딸기잼이 있다. 유기농 딸기 80퍼센트와 유기농 설탕 20퍼센트의 비율로 만든 참이든 딸기잼이다.

시중에 유통되는 딸기잼들은 일반적인 딸기이거나 수입 딸기가 50~60퍼센트 함유되어 있다. 그러나 참이든 딸기잼은 딸기 본래의 맛을 최대한 살려 만들었으며 설탕 함량이 적기 때문에 시중에 나와 있는 딸기에 비해 달지 않다. 그런 탓에 딸기잼을 듬뿍 듬뿍 발라 먹어도 달지 않지만 딸기향이 입안에 가득 남는다. 이처럼 무공이네는 다양한 유기농 상품을 하나 둘씩 착하게 만들고 있다.

유통 업체를 지원하는 게 농가를 지원하는 것

친환경 농산물이 대중화가 되려면 농가와 유통 업체를 함께 지원해야 한다. 현재 정부가 생산자에게 물류 시설이나 산지 유통 센터 지원을 하지만 이를 질 관리하는 것은 쉽지 않다. 그러나 산지 유통 센터 혹은 영농조합과 유통 업체들을 연계해서 지원하면 생산지에서 모인 농산물을 보다 안정적으로 판매할 수 있다. 그렇게 된다면 생산자는 생산에만 집중할 수 있고 유통 업체는 유통을 전문적으로 수행할 수 있어서 서로에게 도움이 된다.

언론 매체에서는 농산물 유통의 문제를 지속적으로 제기하지만 친환경 농산물은 일반 농산물과 달리 시장 시세에 따라서 가격이 움직이는 것이 아니다. 일반 시장은 경매에 의해 가격이 결정되지만 친환경 농산물 시장에서는 생산자와 유통 업체가 계약을 하고 가격을 책정하기 때문에 적정 가격이 유지된다. 일반 시장 농산물 가격이 비쌀 시기에 오히려 친환경 농산물이 더 저렴하게 유통되는 경우가 있다.

친환경 농업이 활성화되고 소비를 안정시키려면 생산과 유통을 함께 연계해서 지원할 필요가 있습니다. 서로 컨소시엄을 구성하거나 판매 계약이 이루어질 경우 정부가 지원할 수 있는 제도로 변해야 합니다. 생산이 되어도 소비가 안정적으로 되지 않는다면 생산자는 친환경 농업을 포기할 수밖에 없죠. 생산자와 유통 업체를 함께 지원할 때 물류 시설이나 배송에서 부풀 수 있는 상품의 가격을 좀 더 저렴하게 설정할 수 있습니다.

오종석 대표의 주장처럼 그동안 정부는 경제성장과 더불어 지속적으로 생산자인 농민들에게 각종 지원 제도를 마련했다. 하지만 생산된 친환경 농산물이 좀 더 잘 판매될 수 있도록 하는 지원 혹은 관심이 부족했다. 유통 업체에 물류 시설이나 포장 관련된 기술 지원, 배송 비용에 대한 지원이 이루어진다면 소비자 가격이 저렴해질 수 있고 아울러 친환경 농산물 소비 활성화에 기여할 수 있다. 국가적으로도 생산자에게 도움이 되고, 소비자는 안전한 먹을거리를 저렴하게 이용하게 됨으로써 건강 증진에 도움이 된다.

　　유기농 상품 유통 업체 지원은 단순히 이익을 추구하는 업체에 대한 지원이 아니라 생산과 소비를 원활하게 만들 수 있는 지원인 것이다. 2013년경에 경기도 광주에 친환경 농산물 종합 물류 센터가 건립될 예정이다. 이를 통해 영세한 친환경 농산물 유통 업체들의 물류 문제를 극복할 수 있을 것이고 소비자들은 국가에서 관리하는 곳이어서 유기농 상품을 믿고 구매할 수 있을 것으로 예상된다.

　　기존에는 코엑스 같은 곳에서 유기농 전시회를 개최했지만 앞으로 친환경 농산물 종합 물류 센터가 건립되면 유기농 전시회나 친환경 농산물 축제를 개최할 수 있다. 소비자에게 유통 과정을 공개하고 학생들에게 안전한 먹을거리에 대한 바른 교육을 할 수 있는 계기를 마련할 수 있을 전망이다.

무공이네는 생각과 생활이 유기농이 되고자 노력한다.
구리 직영점에서 매주 토요일 매출의 2퍼센트와 비닐봉투 사용시 받은 50원을 모아 지역 결식 아동 돕기에 기부한다.
그래서 구리시에서 운영하는 희망 나누기 WE START 매장으로 인정받았다.

유기농의 참뜻을 실천한다

유기농 상품을 유통하는 곳은 많다. 그 속에서 무공이네가 꿈꾸는 것은 가장 신뢰받을 수 있는 조직이 되는 것이다. 이를 위해서 착한 생산자, 현명한 소비자, 투명한 유통 업체가 함께 유기농의 참뜻을 실천해야 한다. 어느 하나만의 노력으로 실천할 수 없으며 무엇보다 유기농 상품에 대한 소비자들의 신뢰가 중요하다. 유기농은 생명을 존중하고 세상을 더불어 살아간다는 뜻이기 때문이다. 매우 자연과 유사하다. 사람이 자연을 보전하면 사람에게 자연을 누릴 수 있는 행복을 주지만 반대로 자연을 훼손하면 사람에게 재앙을 안겨 준다.

그래서 무공이네는 유기농 상품 유통을 넘어 유기농의 뜻을 함께 나누는 활동을 해 왔다. 지역의 소외된 곳에 지속적으로 나눔 실천을 전개했고, 상품 속에 생산자의 소중한 이야기를 담아냈다. 그리고 상품으로 소비자와 함께 친환경적인 삶을 만드는 노력을 했다. 무공이네에는 평생 회원이 있다. 어쩌면 무공이네의 평생 회원은 대를 이어 생산자, 소비자, 무공이네가 한데 어울려 유기농의 참뜻을 실천하게 될지도 모른다.

상생과 순환의 양심을 지니다
__ 해농수산

해농수산의 최광운 대표는 참 무뚝뚝했다. 일일이 묻지 않으면 스스로 먼저 말을 하지 않았다. 대답도 거의 단답식이었다. 그러니 계속 물어봐야 했다. 그런데 그의 말에는 신뢰가 뚝뚝 묻어 나왔다. 또한 그는 피땀 흘려 농사를 짓는 성실한 농민처럼 강직해 보였다. 해농수산은 한살림 등과 같은 생협에만 납품한다. 그에게서 신뢰받을 수 있는 유통에 대한 고민과 견해, 전망 등을 들어보았다.

시장 생활을 하다

"답은 여기에 있어요. 질 좋고 맛 좋으면 찾게 되죠."
한참 만에 나온 그의 말이었다. 그의 말이 마치 철학자의 말처럼 혹은 진리의 말씀처럼 들려왔다. 먹을거리에 대한 관심이 높아진 만큼 식품에 대한 소비자들의 불신이 높아진 상황에서 그의 말은 그냥 흘려보낼 수가 없었다. 신뢰를 만드는 길은 식품 회사와 식품 공장, 유통 회사들이 가장 강조해야 할 것은 아닐까 생각했다.

최광운 대표는 1980년대 초에 풀무원에서 근무했다. 사회 분위기가 어수선했던 시대에 운동권 출신이었던 그가 갈 데는 마땅치 않았다. 그는 풀무원에서 1년 동안 일을 했다. 당시 그는 무농약 농업을 한다 해도 유통이 어렵다고 인식했다. 소비자들이 무농약 농산물을 원한다고 해도 유통되지 않거나 유통 과정이 원활하지 않아 공급이 어려웠던 것이다.

더군다나 1차 농산물 생산자들은 상업적 의미에서 유통 개념을 제대로 몰랐고 그들이 마냥 열심히 농사를 짓는다고 해도 저절로 소비가 되지 않았다. 그는 풀무원 공동체에서 생산되는 채소류와 정농회 회원들이 생산하는 무농약 채소류를 공급하고 판매하는 관리인 노릇을 하다가 풀무원을 그만두었다.

그 후 그는 채소류 유통의 어려움을 어떻게 극복할 수 있을지 고민했다. 그래서 대량 판매의 유통 구조를 배울 겸 또한 당장 먹고살아야 하는 문제를 해결할 겸 해서 1984년경 한 선배를 따라 용산 청과물 시장에서 급식 사업을 시작했다. 급식 납품 사업은 농산물의 대량 소비가 가능해 판매망을 구축할 수 있었다. 1985년 용산 청과물 시장이 가락동으로 이전하면서 그는 가락동 농수산 시장으로 다시 들어갔다.

이때 시작된 고민은, 유통 구조 속에서 과잉 생산으로 손해를 보는 생산자들을 어떻게 보호할까 하는 것이었다. 그곳에서 그는

15년여 동안 '한농'과 '선농식품'이라는 회사에서 일하면서 농업 유통업에 종사했다. 그러면서 그는 시장 상인은 물론 시장의 구조를 알아 갔다.

'우리나라는 흉년이 들어도 힘들고 풍년이 들어도 힘들다'고 하는 농민들의 볼멘소리가 어제오늘의 일이 아닙니다. 수십 년 동안 반복되는 유통 구조의 한계를 이미 가지고 있는 경쟁적 시장구조 속에서 저 혼자 양심적으로 열심히 산다는 게 얼마나 힘들고 어리석은 것인지를 깨닫기까지는 그리 오랜 시간이 걸리지 않은 듯합니다. 그때 저는 농민들의 고통과 한숨을 어찌할까 하는 참담한 심정이 들었습니다.

초기 가락시장은 상인과 중매인이 주도권을 가졌다. 생산지에서 상품이 가락시장으로 모이면 농민은 상인이나 중매인에게 위탁 판매를 맡겼다. 상인이 주도권을 가지고 있었기 때문에 농민들은 농산물이 얼마나 판매되었는지 알 수 없었다. 위탁 상회에 의존할 수밖에 없는 구조이다 보니 농민들은 상인에게 돈을 떼이기 일쑤였다.

이러한 악순환은 경매 제도가 생기면서 그나마 해결되었다. 공개 경매를 통해 법인 회사가 낙찰되면 먼저 회사는 오전 중에 농민들에게 결제하고 오후에 지정 중매인과 회사가 정산하는, 그래서 농민들이 미리 돈을 받을 수 있는 구조이다.

한살림과 수산물 거래를 하다

그는 농산물 유통에서 수산물 유통으로 전환했다. 그와 한살림이 오래 인연을 맺었던 것이 계기가 되었다. 무농약에서 유기농으로 발전했던 15년 동안 한살림은 쌀, 채소 등을 공급했는데 수산물은 없었다. 당시 박재일 회장을 포함하여 한살림에서 수산물 유통을 원했다.

하지만 그는 수산물 유통으로 뛰어들기 전 주춤할 수밖에 없었다. 한살림에서 수산물을 취급한다 해도 소비가 얼마나 될지, 어디서 꾸준히 공급할 수 있을지 고민이 되었기 때문이다. 한살림에서는 그를 찾아와 의견을 구했다. 그는 오랜 유통 경험을 바탕으로 누군가 손해를 보더라도 유기농 정신을 가지고 뒷받침을 해야 한다고 판단했다. 농축산물을 납품하고 있었기 때문에 수산물도 취급해 보겠다고 결심했다.

당시 그는 단체 급식의 원활한 유통과 급식 물량에 힘입어 가락시장 내 수협 공판장에서 선농수산이라는 상호로 중간 도매업을 병행하고 있었다. 그리고 병원이나 학교에는 주로 급식 납품 사업을 했고 단체 급식 업소에는 원물보다는 먹기 좋게 적당한 크기로 손질된 상품을 공급했다.

그래서 그는 4인 가족 기준으로 작게 포장해서 한살림에 공급하는 기준을 정할 수 있었다. 생선의 먹지 못하는 부위가 가정에서는 음식물 쓰레기지만 싱싱한 생선 부산물은 훌륭한 단비가 되거나 어류의 먹이로 재사용이 가능한 원료가 된다. 그 때문에 해농수산이 취급하는 수산물은 내장 등 먹을 수 있는 부위와 먹을 수 없는 부위로 구분하여 공급하는 기준을 정했던 것이다.

해농수산의 원칙

해농수산의 사훈은 '상생'과 '순환'이다. 해농수산 직원들은 '유기농 농민의 심정'으로 일을 한다. 이런 말들이 헛구호가 아니라는 것은 해농수산이 정한 원칙과 실천에서 증명이 된다. 즉 납품의 첫째 원칙은 국내 어업으로 어획한 어류만을 취급한다는 것이다. 다만 동태와 꽁치는 원양어업으로 잡은 것을 취급하지 않을 수가 없다. 동태는 동해에서 어획한다고 사람들이 믿고 있지만 사실은 그렇지 않다. 러시아에서 수입하거나 원양어업을 통해 들어오기 때문이다.

둘째 원칙은 인공으로 키운 양식 어류는 전혀 취급을 하지 않는다는 것이다. 전국의 산지를 돌아다니며 수협의 중매인들에게서 수매를 한다. 이렇게 생산지에서도 확인하지 않으면 중국산이 들어올 수가 있다. 어류의 경우에도 원산지 증명이라는 것이 있어 산지 확인이 가능하다. 품목마다 원산지 증명이나 수매 확인서를 수협에서 받을 수 있다.

셋째 원칙은 유통기한을 60일로 정한 것이다. 일반 업체 대부분은 보통 유통기한이 1년이다. 그런데 해농수산에서 유통기한을 60일로 책정한 이유가 있다. 비록 냉동 수산물이지만 그날그날 수산물을 작업해서 바로 전달하면 소비자가 생선 고유의 맛을 느낄 수 있으리라는 생각 때문이다. 또한 한살림 생협의 선구매 후

전달이라는 회원제 직거래 방식으로 소비자가 생산자를 믿고 거래해 주는 고마운 마음에 대한 답례가 된다.

백화점이나 대형 마트에서 취급하는 냉동식품들은 소비자의 신뢰가 떨어질 수밖에 없다. 냉동 수산물의 유통기한이 보통 1년이거나 영하 20도 이하의 냉동 상태에서 밀봉 포장하여 보관하지만 고객들이 냉장고 문을 자주 열고 닫을 때 온도차가 심하면 생선 내부의 수분이 증발하여 기포가 발생하고 맛의 질감이 급격히 저하된다. 유통기간이 남아 있더라도 냉동식품의 맛이 변질될 소지가 있다는 것이다. 그래서 판매자는 항상 신경을 쓰면서 긴장상태를 유지해야 한다. 소비자들은 유통기간만 보고 거래하는데 막상 먹어 보면 맛이 없는 경험을 하게 된다. 그래서 백화점이나 대형 마트에서 취급하는 냉동 수산물에 대한 선호도는 좋지 않은 편이다.

해농수산은 수산물 주문을 받으면 일주일의 기간을 요청한다. 그 기간 안에 주문을 받아 신선한 수산물을 작업하고 포장을 한다. 주문 시점부터 공급할 어종별 수량이 정해져서 그날그날 작업을 할 수 있는 것이다.

양심적으로 유통을 하다

해농수산은 한살림의 명성에 맞는 모델이 되고자 했다. 그래서 최광운 대표는 '한살림의 수산물은 어떠해야 하는가'를 고민했고 소비자들이 꼭 알아야 할 것을 공개했다. 우선 일반 소비자들이 잘못 알고 있거나 식별이 어려운 수산물은 원산지 증명원을 통해 원산지를 공개했다. 명태는 몇 년 전까지만 해도 대부분의 소비자들이 국내에서 어획되는 줄 알고 있었다. 그러나 국내에 유통되는 명태 대부분은 한국과 러시아 합작인 러시아산이 대부분이다. 일부 정부 수출입 한도량에 의해 반입되는 원양산이 있기는 하나 전체 유통량에 비하면 미미하기 그지없고 국내산 명태는 자취를 감춘 지 오래되었다.

유통기한은 제조 회사가 정한다. 유통기한이 지나면 아무리 먹을 만해도 폐기하게 되어 있다. 이렇게 폐기해야 하기 때문에 다량으로 공급하는 제조 업체들은 60일로 유통기한을 정하기가 그리 쉬운 일이 아니다. 결국은 소비자가 상품을 선택해야 할 일이 된다. 제조 과정을 투명하게 공개하거나 몇 월에 잡은 생선인지 등에 관한 정보를 소비자에게 제공해야 한다.

이처럼 양심적으로 유통을 하다 보니 점점 더 많은 소비자가 찾아왔다. 그래서 최광운 대표는 '질 좋고 맛이 좋으면 소비자가 찾아온다' 라는 답을 내렸다. 지금까지 해농수산은 수산물을 취급하면서 맛이 없다는 말을 들은 적이 없다. 지역이나 계절마다 조금씩 맛의 차이가 있지만 대체로 소비자들은 만족스러워했다. 1998년 처음 공급을 할 때는 일주일에 1회, 월 4회 공급을 하면서 월 매출이 약 600만 원이었는데 2010년에는 일일 매출액이 약 500만 원에 월 1억 2천만 원에 달했다.

현재 해농수산은 한살림뿐만 아니라, 두레생협, 여성민우회에 수산물을 공급한다. 이처럼 해농수산은 생협에만 거래를 한다. 광우병 파동 이후 한살림 생협 소비자 회원들이 많이 늘었다. 수산물 주문량도 회원에 비례해서 늘었다는 뜻이다.

　이러한 해농수산의 성장은 불신의 시대에서 올곧게 서로를 믿고 아우르며 순환과 상생의 유기적 관계를 이끌어 가는 한살림 생협 소비자 단체라는 선구적 운동 단체가 있었기에 가능한 일이었다. 최광운 대표는 "비록 보잘것없는 품목이지만 생협 운동에 동참하자는 의미에서 순환과 상생으로 사훈을 정했다"고 했다.

양식은 대안이 아니다

　우리나라에 반입되는 수산물 유통량을 보면 대부분 원양어선단이 어획해 오는 원양산과 수입업자들에 의해 수입되는 수입산이다. 그리고 우리나라 연근해에서 어획되는 수산물이 있다. 그중에서도 400여 척에 가까운 원양어선단이 북태평양이나 대서양, 인도양 등 전 세계 각처에서 우리의 입맛에 맞는 다양한 품종들을 잡아 오거나 수입한다.

　국내에서 어획되는 수산물은 갈치, 가자미, 조기, 오징어, 고등어, 병어 등 다양하기는 하지만 상대적으로 어획량이 부족하다. 시장에 유통되는 수산물의 약 80퍼센트 정도가 원양산 내지 수입산이기 때문에 지속적으로 수산물을 수입해서 유통량을 충당하지 않으면 국내의 생선 가격은 고공 행진을 멈추지 못할 것이다.

　그러므로 국내 수산물 산업의 미래는 밝다고 볼 수 없다. 물론 우리나라뿐만 아니라 일본이나 중국 등 동남아시아에서도 비슷한 실정이다. 근해의 오염이 심각하고 무분별한 남획으로 인해 어족이 계속 줄었다. 중국의 근해는 더욱 오염이 심해 중국 어선들은 우리나라 영해까지 들어와서 싹쓸이 어획을 한다. 그래서 국제적으로 어획되는 어종의 가격은 자꾸 오를 수밖에 없다.

이제 바다의 오염 문제는 한 나라만의 문제가 아니다. 바다는 국경이나 장벽이 없이 연결되어 있으므로 전 지구적인 차원에서 생태적인 마음을 갖고 한마음 한뜻으로 해양오염 문제를 해결해야 한다.

최광운 대표는 어종이 고갈되어 간다고 해서 양식을 더 확대한다면 대자연 바다를 오염시키는 결과를 낳는다고 걱정했다. 그의 걱정처럼 오염된 바다의 회생을 위해서라도 무분별한 남획과 싹쓸이 어업 같은 인간만을 위한 고기잡이를 멈춰야 한다. 이제 자연과 더불어 공존할 수 있는 환경을 만들어 주는 것이 인간이 할 수 있는, 아니 인간이 해야 할 과제일 것이다.

한국의슬로푸드

밥이 보약입니다

"슬로푸드가 별건가요?"
"우리가 오래 전부터 늘 먹고 살아온 밥, 장, 김치 들이지요."

몸과 땅에 관한 오래된 이야기 - 신토불이

身 "우리 몸!"
土 "우리가 사는 땅!"
不 "아니다!"
二 "둘(다름)이!"

몸과 땅은 둘이 아니고 하나라고 합니다. 즉 우리가
사는 곳의 기후와 땅 조건에서 나는 농산물
이 이곳에 살아온 우리 몸에 잘 맞는다는
뜻입니다.

한국의 오래된 먹을거리 - 곡물과 채소
오래 전부터 농사를 지어 많이 내는 밥과
다양한 곡물로, 밥을 주식으로 하여 죽국
수, 떡과 엿 등, 쌀과 같은 곡물 가공음
식이 발달했습니다. 산과 땅에서 산나물
들나물, 버섯 삼면이 접한 바다에서 여러
해조류가 납니다. 이 재료들로 찌개 나물,
밥, 생채, 전을 만들어 먹습니다.

뚜렷한 사계절과 발효 음식
봄여름가을겨울이 뚜렷해 때에 맞추어 먹
거리를 얻어 먹습니다. 더운 여름에는 음식
살 상하지 않도록 채소가 나지 않는 겨울
에는 오래 저장해 먹을 수 있도록 여러
재료를 소금에 절여 발효시킨 음식이 발
했습니다 잘 익지 않기가 대표적이구요.

▼ 장 - 발효된 콩
콩에 소금과 물을 넣고 만든 것은 익으면
서 장에 든 것이 장이 되고 나머지 건더기
맛을 냅니다. 이렇게 해 메주와 고추장
된장, 청국장 간장을 만드니다 장은 거의
모든 한국음식에 들어가 음식 맛을 내
러 가지를 어우러진 맛을 내는 중요한 단백
질 공급원입니다.

▼ 김치 - 발효된 채소
한국의 대표적인 발효 식품으로 밥 같은
곡류 음식과 어울려 균형 잡힌 영양을 줍니
다. 배추 무우의 채소에 젓갈 고춧가루,
파, 마늘, 생강, 갓 등 부재료를 넣어 발효시
킨 것으로 통김치 나박김치 동치미, 깍두
기처럼 오이지등 종류가 많습니다.

▼ 젓갈 - 발효된 어패류
물고기 속의 살이나 내장 등을 발효시켜
밥반찬이나 다른 음식의 재료로 쓰는 밥맛을
조절 및 발효식품 젓갈은 해안가 여러곳
에 들어 있습니다.

더 빨리, 더 많이, 더 튀는 맛으로!

유전자조작식품 (GMO)...

먹을거리 문제를 해결하기 위한 소비자 운동

__ 농업회사법인 팔당올가닉푸드

팔당올가닉푸드의 김병수 대표는 1981년에 팔당 지역으로 들어왔다. 팔당 지역의 면 단위 소식지인 '용진소식' (후에 '조안소식')을 직접 창간하고 발행했다. 그는 이 지역 사람들이 상수원 보호를 위해 강력히 개발을 제한하는 정부의 조치들에 불만이 많고 생활 형편이 좋지 않았다는 점을 아쉬워했다. 팔당 지역은 각종 규제로 농업에 종사할 수밖에 없는데, 마을 신문 기사를 취재하면서 두물머리농장의 정상묵 씨 형제들이 유기 농업을 한다는 사실을 알게 됐다.

팔당 지역의 유기 농업

그는 1987년에 엔지니어로 다니던 회사를 그만두고 기독교농민회에서 교육 및 홍보 일을 맡았다. 농사를 배우고 우리나라 농업 상황을 보다 깊이 알고 싶었기 때문이었다. 닭을 키우고 땅을 얻어 농사를 지었다. 주로 자연 양계법으로 유정란을 생산하는 닭을 키웠으며 양계장에서 부수적으로 나오는 거름으로 딸기 농사도 지었다.

팔당호는 하남, 광주, 남양주, 양평군이 둘러싸고 있는데 그 권역의 유기 농가들을 묶어 1995년에 김병수 대표는 팔당 상수원 유기 농업 운동 본부를 설립했다. 당시 농가들은 상수원 댐으로 인해 일방적 규제에 시달리고 있었다. 그래서 광주, 양평, 남양주의 이장들과 상수원 피해 주민 공동 대책 위원회(공대위)를 설립해 대정부 투쟁을 강행했다. 그들은 정부와 3년이나 싸워야만 했다. 토지가 많은 이장들은 규제를 풀어 줄 것을 요구했지만 공대위는 개발 규제 완화는 바람직하지 않다고 판단했다. 이 지역이 유원지처럼 개발되면 수질 악화를 초래할 것이기 때문이었다.

그래서 이 지역을 유기 농업 촉진 지구로 선정하고 지원해 줄 것을 요구했다. 공대위는 요구 사항의 차이를 극복하지 못하고 분열됐지만 결국 정부는 공대위의 요구를 받아들여 1996년부터 상수원 유역 농가들에게 유기 농업을 중심으로 주민 지원 사업을 하기 시작했다. 이런 과정에서 그는 정상묵, 이준용, 권오균, 노국환 등과 함께 '팔당 상수원 유기 농업 운동 본부', 지금의 '팔당생명살림 영농조합법인'을 설립하게 된 것이다.

팔당생명살림은 이후 계속 발전하여 2000년 소비자 생협인 팔당생협과 2002년 환경운동, 지역 민주화 운동, 방과 후 학교, 지역 도서관 운영 등 공익 사업을 담당하기 위한 사단법인 팔당생명살림을 설립 운영하고 있다.

세계의 공동체 마을을 탐방하다

 농촌 공동체 운동가이기도 한 김병수 대표는 2001년부터 2003년까지 2년 6개월 동안 배낭을 메고 지구를 두 바퀴를 돌며 21개 나라 공동체 마을 38곳을 탐방했다. 이를 통해 우리나라 농촌 공동체의 발전 방향을 새롭게 모색하는 기회를 가졌다. 세계에서 가장 아름다운 공동체 마을을 찾았던 그는 자신에게 특별한 의미를 선사한 12개 나라 공동체 마을 19곳을 선정하여 2007년에《사람에게 가는 길》이라는 에세이집을 발간하기도 했다.

 그는 세계 공동체 탐방을 다녀온 뒤 팔당의 상황을 점검하면서 그 당시 팔당의 생산자들이 곧 위기에 처할 것이라고 예상했다. 우리나라에서 유기농이 대중화되면서 대기업 유통 회사들이 유기농 시장에 뛰어들었고 외국산 농산물을 싸게 들여왔다. 수입이 기하급수적으로 늘어나면 시장이 커져도 우리 농가에는 도움이 되지 않는다. WTO나 FTA 때문에 농민들이 모두 유기농을 하겠다고 했고 전라남도는 몇 년 안에 농업 생산량의 절반을 유기 농업으로 전환하겠다고 했다.

 그래서 그는 농산물 가공의 중요성을 깨달았고 2004년부터 팔당생명살림 영농조합법인 내 가공 회사였던 두물머리식품의 경영을 맡게 되었다. 그는 2008년까지 두물머리식품에 약 36억 원을 투자했다.

 우리나라 농업은 농민들만 발버둥치는 상황이어서 기획 회사 이마주의 이형주 대표는 그에게 유기 농업을 전면에 내세우기보다 '슬로푸드' 콘셉트를 내세우는 게 소비자들에게 더 매력적으로 다가갈 수 있다고 조언했다. 우리 농업은 경쟁력이 없어서 소비자들이 수입 농산물을 구매하는 게 당연하다. 농업은 생명과 직결된 '자신의 먹는 문제'임에도 농업 농촌문제를 자신의 문제가 아닌 농민만의 문제로 잘못 인식하고 있는 상황을 극복할 방법을 찾은 것이다.

슬로푸드운동을 펼치다

1986년 이탈리아 부라Bra 지방에서 발생한 슬로푸드운동은 자기 먹을거리 문제를 스스로 해결하는 소비자 운동이다. 전통적인 입맛을 빼앗아 가는 햄버거와 같은 패스트푸드를 비판하면서 시작한 슬로푸드운동은 식사와 미각의 즐거움, 전통 음식의 보존 등을 기치로 내걸었다. 그런 면에서 보자면 농산물 가공 공장을 세우면서 소비자와 교류하는 프로그램을 만들어야 했다.

이는 그가 오랫동안 고민하던 문제였다. 이러한 문제를 해결하기 위해 구체적인 방안이 세워졌다. 주식회사 팔당올가닉푸드가 가공을 맡았고 슬로푸드문화원이 사단법인을 결성하고 대국민 홍보를 담당했다. 슬로푸드문화원에는 슬로푸드 체험관, 슬로푸드 아카데미, 푸드문화연구소가 있다.

'달팽이숲'이라 이름 붙인 슬로푸드 체험관은 농장 체험, 달팽이숲 관람, 조리 체험, 애니메이션 상영, 강의 등의 프로그램을 운영한다. 계절마다 재배되는 농산물이 다르기 때문에 체험관 프로그램도 이에 맞춰 진행한다. 봄에는 딸기 농장에 들러 유기농

'달팽이숲' 이라 이름 붙인 슬로푸드 체험관은
농장 체험, 달팽이숲 관람, 조리 체험, 애니메이션 상영, 강의 등의 프로그램을 운영한다.

딸기 재배 과정을 체험하고 맛있는 딸기를 직접 따서 시식도 한다. 달팽이숲 체험관에 들러 슬로푸드의 개념과 중요성에 대한 설명을 듣고 가져온 유기농 딸기로 딸기 케이크 만들기 체험을 한다. 점심으로는 맛있는 비빔밥이 제공된다. 물론 모든 재료는 이곳의 팔당 농부들이 정성껏 생산한 유기 농산물만을 사용한다.

슬로푸드 아카데미에서는 10주 과정의 전문가 양성 강좌를 개설하여 작년까지 120여 명의 슬로푸드 매니저를 배출했다. 슬로푸드 매니저 과정에는 학교 급식 담당 교사, 공무원, 음식 문화 분야에서 창업을 희망하는 사람들이 참여한다.

또한 푸드문화연구소는 음식의 다양한 분야를 연구하고 있다. 슬로푸드운동의 중요한 과제는 '생물종 다양성의 보호'다. 세계 각 나라의 어린이들과 청년들이 다국적기업이 만든 패스트푸드의 자극적인 맛에 길들여지면서 나라마다의 다양한 전통 음식이 빠르게 사라져 가고 있다.

각 나라의 다양한 음식, 식품이 사라진다는 건 그 식재료가 되는 다양한 농산물이 덩달아 사라져 버린다는 걸 의미한다. 그러한 농산물을 생산하던 농민들이 더 이상 농촌에서 버틸 수 없게 되는 건 당연하다. 그래서 슬로푸드운동에서는 각 나라의 다양한 농산물, 이를 원료로 한 전통 요리와 식품을 기록하고 보호하고 (Ark of Taste: 맛의 방주) 생산을 장려하는 다양한 활동Presidia들을 펼치고 있다.

슬로푸드문화원의 푸드문화연구소에서는 2010년부터 우리나라의 사라져 가는 농산물을 되살리는 여러 가지 활동들을 지원하고 기록하는 일들을 시작했다. 특히 2010년 9월에 개최한 한국슬로푸드축제를 통해 이런 활동을 전개했고 음식 공동체들을 한자리에 모아 전시를 했다.

슬로푸드운동을 활발하게 펼치는 경남대 김종덕 교수(슬로푸드문화원 부이사장)는 "현대인들은 음식을 늘 먹고 선택하고 있지만 그 음식에 대해 잘 모른다"며 이러한 현대인을 "식맹"이라고 표현했다. 식맹에게 음식 문화를 제대로 가르쳐 줄 수 있는 사람이 바로 푸드 매니저이다.

슬로푸드운동의 세계 본부는 이탈리아 부라에 있다. 사람의 미각과 음식에 관한 근본적인 철학의 문제를 가르치는 미식과학대학University of Gastronomic Science이 있다. 3개월 과정부터 5년 과정까지 있는데 수강 신청한 후 그 과정에 들어가기 위해 3년을 기다려야 한다.

슬로푸드운동에서 소비자는 공동 생산자이므로 매우 중요합니다. 소비자가 식재료를 어디에서 사고 무엇을 얼마나 선택하느냐에 따라 농민이나 가공생산자들이 무엇을 어떻게 생산하고 얼마나 심을지를 결정하기 때문입니다. 아욱을 네 가구가 생산해 생협에 공급했지만 지금은 아무도 먹는 사람이 없어 한 농가가 생산해도 남아도는 현실이랍니다. 소비자가 자기가 먹을 것을 잘 알고 잘 선택하고 농민에게 이런 것을 생산해 달라고 해야 농업이 삽니다.

김병수 대표는 농업을 살릴 수 있는 슬로푸드운동에서 소비자의 식재료 선택이 중요하다고 언급했다.

친환경 반찬 가게 '달팽이밥상'

팔당올가닉푸드 주식회사는 2007년에 본격화되었다. 팔당올가닉푸드의 주주는 125명이다. 그중 87명이 농민이다. 그리고 소비자 30여 명과 지역의 와부농협, 여성민우회 생협이 출자해 자본금이 13억 5천만 원이다. 이에 와부농협이 감사를 맡았고 여성민우회 생협이 이사로 참여하고 있다. 2007년 건축 당시 저리 분할 융자금 7억 3천만 원을 받았다. 환경부의 수계 관리 기금 공모 사업에서 슬로푸드체험관 달팽이숲과 달팽이밥상 사업 계획으로 2007~2008년 일부 지원을 받았다.

팔당올가닉푸드가 본격화된 이듬해 2008년부터 달팽이밥상이라는 패키지 상품을 만드는 등 규모를 갖추기 시작했다. 팔당올가닉푸드는 밥을 제외한 모든 찬거리, 국거리, 간식 등을 제공한다. 수도권을 중심으로 회원제를 만들어 회원으로 가입하면 매주 한 번씩 배송한다. 고객은 온라인에서 달팽이밥상을 1~2인분, 3~4인분으로 선택할 수 있다.

또한 각 가정마다 식성이 달라 반가공과 반제품으로 상품을 내놓았다. 장아찌나 김치는 완제품이고 국거리, 나물, 된장국 등은 냉동된 육수와 더불어 반가공 상품이다. 장을 보러 갈 시간이 없는 맞벌이 부부와 같은 소비자들의 반응이 뜨거웠다. 보통 한 가정에서 1주일에 2.5회 정도만 집에서 식사를 하고 나머지는 패스트푸드를 먹거나 외식을 한다. 이러한 음식은 대개 수입산 농산물이 원재료라서 믿고 먹을 수 없다.

그러나 달팽이밥상 패키지 상품은 국내산 농산물이어서 믿을

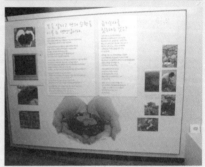

"소비자가 자기가 먹을 것을 잘 알고 잘 선택하고
농민에게 이런 것을 생산해 달라고 해야 농업이 삽니다."

수 있고 조리가 편리하고 시간이 절약되기 때문에 소비자들에게 호응을 얻은 것이다. 더욱이 냉동 건조한 식재료가 아닌 제철에 생산되는 농산물을 식재료로 사용하기 때문에 국과 반찬의 종류가 매주 바뀔 수밖에 없다.

소비자들의 접근성이 좋도록 2008년에 서울 수서동 현대벤처빌 식당가와 목동 파리공원 초록마을 매장 안에 친환경 반찬 가게 '달팽이밥상' 시범 점포를 냈다. 이러한 친환경 반찬 가게들이 더 많이 생겨야만 농가에서 정성껏 생산한 유기 농산물이 판매되지 못하는 문제를 해결할 수 있다.

소비자 운동으로 소비자들의 인식이 바뀌어야 한다

김병수 대표는 한국 농업의 발전이 전제돼야 우리 농촌 공동체가 살아나고 농민들이 자부심을 갖고 살 수 있다고 믿었다. 그런데 역대 정부의 농업정책 부재와 소비자들의 무관심으로 우리 농업은 회복하기 어려울 만큼 무너져 버렸다.

우리나라 대다수 소비자들이 경쟁력이 없는 농촌을 도와줘야 하는 대상 정도로 여길 뿐이죠. 역대 정부나 언론이 소비자들에게 잘못된 정보를 준 탓이죠. 먹는 문제는 절대적으로 소비자들 자신의 문제인데 농민들의 문제라는 인식을 하기도 합니다. 슬로푸드운동을 하면서 저는 음식을 통해 세상을 알고, 음식으로 세상을 바꿀 수 있다고 믿었습니다. 팔당올가닉푸드와 슬로푸드문화원이 이런 일을 하는 전초기지 역할을 하게 될 겁니다.

팔당올가닉푸드는 소유 지분에서나 상품개발, 마케팅에 소비자 전문가들의 참여가 뚜렷하다. 그가 주장한 것처럼 먹는 문제는 소비자들 자신의 문제로 인식한 전문가들이 순수한 열정으로 적극 참여하고 있다. 소비자 운동으로 자기 먹을거리 문제에 대한 소비자들의 인식이 바뀔 때 농촌 농업 문제도 자연스럽게 해결될 것이다. 그렇게 된다면 팔당올가닉푸드가 진행했던 그동안의 노력은 헛되지 않을 것이고 앞으로 계속될 소비자 운동은 더욱 눈여겨볼 만할 것이다. 그와의 만남은 지역의 소비 운동이 나라 전체로 퍼져 나가길 기대하도록 만들었다.

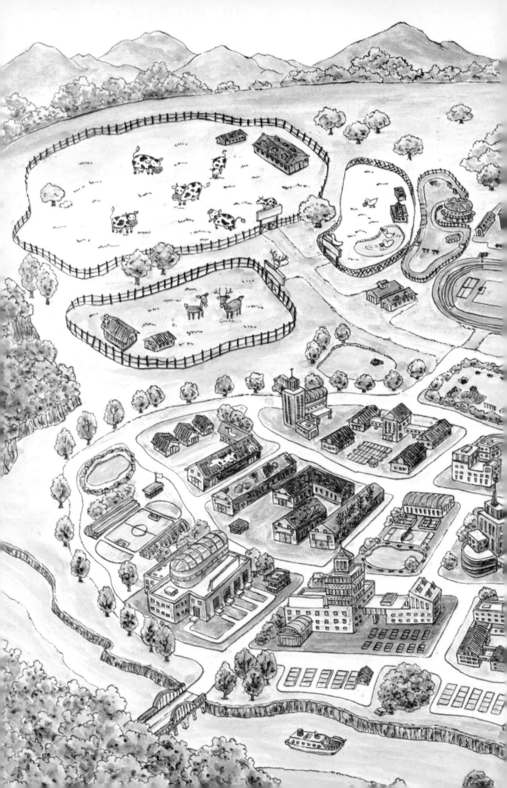

소비의 힘, 협동의 힘
_ iCOOP생협

아침이 되자 눈이 내리기 시작했다. 부천행 전철은 아무런 문제가 없었지만 부천역에서 iCOOP(아이쿱)생협으로 가는 길은 눈으로 인해 지체되었다. 인터뷰를 하기로 약속한 이정주 회장조차 한참 늦었다.

눈이 많이 와야 한 해 농사가 잘된다고 하니 이러한 불편쯤이야 참아야 했다.

이 회장은 양천생협의 이사장으로 있다가 연합 조직인 iCOOP생협의 회장으로 자원봉사하는 활동가가 되었다. 오항식 사무처장은 iCOOP생협이 창립될 때부터 생협 운동을 해 오면서 잔뼈가 굵은 생협인이다.

iCOOP생협의 두 지도자에게 생협의 역사와 활동, 생협 운동 등에 대해 들었다.

생협 운동의 가능성을 열다

1998년 규모가 작고 경영난을 겪었던 지역 소비자생활협동조합들이 모여 경인 지역 21세기생협연대를 만들었다. 2001년 한국생협연합회가 발족되어 조직이 분화, 발전해 오다가 2008년 iCOOP생협으로 명칭을 통일, 변경했다. 현재 iCOOP생협은 아이쿱생협연대(지역 생협 물류 사업), 아이쿱생협연합회(지역 생협 활동 지원), 우리농업지킴이상조회(지역 생협 조합원 상호부조), 한국유기농도매시장(친환경 유기 식품 전문 도매 시장), 친환경유기식품유통인증협회, (주)자연드림(친환경 유기 식품 매장) 등으로 구성되어 있다.

iCOOP생협은 2000년에 시흥 물류 센터 화재 사고를 겪는 등 시련과 많은 시행착오가 있었다. 하지만 시련과 시행착오는 생협 운동이 대중적인 소비자 운동에서 어떤 역할을 해야 하며 무엇을 할 수 있는지 분명히 드러내 주었다. 친환경 농산물 직거래가 생협 운동의 시초였으나 농산물 수입 개방과 광우병 위험 쇠고기 수입 개방을 거치면서 생협이 식품 안전과 식량 주권을 지킬 수 있는 집단으로서의 가능성이 생겼다. 그리고 친환경 급식 운동을 하면서 생협의 조합원들이 학교 급식을 변화시켰다.

일본 생협은 조합원이 전체 국민의 32퍼센트가량 되는 2,100만 명입니다. 이에 비해 iCOOP생협은 아직까지 그 정도의 조합원을 조직하지 못했습니다. 하지만 지난 10년 동안의 사업을 통해 사회에 소금이 될 수 있을 만큼 소비자를 조직할 수 있는 기반을 마련했지요. 생협 운동은 윤리적 소비 행위를 통해 사회를 변화시킬 수 있는 운동이라고 생각합니다. 생협이 하는 윤리적 소비 운동은 소비자단체가 펼치는 소비자를 대변하는 운동과는 다른 점이 많습니다. 생협 운동은 소비자인 조합원 개개인이 실천하는 윤리적 소비를 통해 윤리적 생산을 가능하게 하고 이를 통해 사회를 변화시키는 운동입니다. 그런 탓에 윤리적 생산은 윤리적 소비가 존재해야 가능합니다. 이러한 운동을 iCOOP생협은 10여 년 동안 전개시키면서 사회 변화의 가능성을 열어 온 것입니다.

이정주 회장은 생협 운동으로 사회 변화가 가능하다고 했지만 생협 운동이 사회적으로 인정받지 못하는 현실에 대해 고민을 했다. 현재 생협의 존재조차 모르는 사람이 많기 때문이다. 정부나 일반 소비자들은 생협을 친환경 농산물 직거래 단체로 인식하고 있다. 이러한 협소한 이미지를 벗어나지 못하는 것이 생협의 가장 큰 한계이다.

그런데 소비자들의 인식이 전환되는 계기가 있었다. 2005년 10월 30일, 국회가 WTO를 비준할 때 생협은 "우리 쌀을 지키고 우리 밀을 살리자"라는 구호를 내걸었다. 이른바 '우리 쌀 지키기, 우리 밀 살리기 소비자 1만 인 대회'였다. 이때 1만 명의 소비자가 여의도에 모였고 대회를 준비하고 진행하면서 생협에 대한 시민사회 단체, 노동단체, 농민 단체들의 이미지가 바뀌었다.

그동안 사람들은 생협이 먹을 것에 유난을 떨고 자기 자녀의 먹을거리만 신경 쓰는 모임으로 간주해 생협을 바라보는 시선이 냉담했다. 그런데 이 대회를 통해 한국의 농업을 고민하고 사회를 바꾸는 운동으로 보기 시작했다.

2007년 한미 자유무역협정 반대 운동을 추진하면서 사람들의 냉담한 시선이 달라졌다. 당시 전국농민회총연맹이나 전국민주노동조합총연맹과 더불어 생협이 한미 자유무역협정 반대 운동의 실천 주체가 되었기 때문이다.

생협은 광우병 위험성이 높은 쇠고기 수입 개방 반대 운동과 친환경 학교 급식 운동에 적극적으로 참여했다. 생협의 조합원뿐만 아니라 일반 시민들과 함께 광우병 위험이 있는 미국산 쇠고기 수입을 막기 위해 1만 가족 선언 운동을 벌였다. 이 운동으로 미국산 쇠고기 수입이 중단되는 성과를 거두었다.

친환경 학교 급식 운동은 유치원, 어린이집 등 보육 시설에서 친환경 유기농 급식을 하자는 운동이었다. 부모가 기존 급식비에 5천 원만 더 내면 생협의 친환경 농산물, 식품으로 바꿀 수 있었다. 그래서 생협은 시중에 비해 가격이 높지 않고 원활한 수급이 가능하다는 것을 보여 주려고 했다. 지난해 iCOOP생협은 약 2만 명분의 급식용 식재료를 학교, 어린이집 등에 공급했다.

또한 iCOOP생협은 윤리적 소비 운동의 확산을 위해 다양한 활동을 했다. 그 예로 2007년 1차로 한국은행 노조와 윤리적 소비 실천 협약을 체결했다. 직장에서의 소비, 가정에서의 소비를 윤리적으로 하자는 취지이다. 보다 많은 시민, 소비자들이 윤리적 소비 운동에 동참할 수 있도록 우선 조직화된 대중을 기반으로 노동조합과 함께 윤리적 소비 실천 협약을 추진했다. 그래서 철도 노조와 생명보험 노조도 윤리적 소비 운동에 동참했다.

조합원은 iCOOP생협의 밑거름

iCOOP생협은 다른 생협에 비해 상품 공급가가 10~15퍼센트 정도 낮다. 조합원들이 매월 1만 5천 원을 내는 조합비 제도, 그리고 전국적으로 구축된 효율적인 물류 체계와 연합 조직의 역할 때문이다. 조합원들은 생협 이용 여부에 관계없이 일정한 조합비를 낸다. 이러한 조합비 제도는 조합원이 생협의 대상이 아니라 스스로 생협의 주인이라는 생각을 고취시키고 행동하게 하는 제도인 것이다.

오항식 사무처장은 조합비는 시민단체의 회원들이 매달 후원하는 회비와 성격이 유사하다고 했다.

조합비는 조합의 운영과 활동을 위해 대부분 사용합니다. 일부는 조합원의 상조 사업에 쓰고 일부는 지역의 어려운 이웃과 함께하는 일에 쓰기도 합니다. 조합의 운영 경비를 조합비로 충당하면서 물품에는 거의 이윤을 붙이지 않습니다. 조합원들에게는 생산자에 대한 대가에 물류 비용이 더해진 정도의 가격으로 물품을 공급합니다. 이윤이 아닌 조합비를 통해 조합의 운영 경비를 마련함으로써 물품을 저렴한 가격으로 공급할 수 있는 것이죠.

iCOOP생협에는 현재 전국적으로 77개의 지역 생협이 있고 7개의 물류 센터, 6개의 배송 센터가 있다. 이를 통합된 물류 시스템으로 체계화하여 물류의 효율성과 물품 가격 인하 효과를 얻을 수 있었다.

지역 생협은 독립적으로 각자 조합을 운영하고 활동하지만 물품의 구매와 공급, 대금 결제, 조합비 징수 등의 기능적인 역할은 통합했다. 지역 생협은 조합원 관리와 지역에서의 활동을 중심으로 운영된다. 출범 당시부터 부채와 경영난으로 어려움을 겪던 영세한 지역 생협의 경영을 정상화하기 위해 채택한 전략이 조직은 분화시키고 사업은 집중시키는 것이다. 이를 통해 생협의 대중화와 사업 시스템의 효율화를 이루었다.

　　생협이 출범한 1998년 공급액이 95억 원이었는데 2010년에 2,600억 원의 공급액을 기록했다. 12년 만에 27배 가까이 늘어났으며 조합원 수도 초기 4만여 명에서 11만여 명으로 증가했다. 이러한 성장은 생협 활동가들이 생협 운동의 대중화를 전개하고 효과적인 사업 시스템을 구축하기 위해 노력했기 때문이다. 활동가들의 헌신과 효율적인 사업 시스템의 결합이 없었다면 iCOOP생협의 성장은 불가능했을 것이다.

　　iCOOP생협에는 지역 조합이나 연합 활동을 하는 조합원 자원 활동가들이 많다. 77개 회원 조합에서 연간 2천여 명이 활동가 교육을 받고 있다. 매달 마을 단위, 아파트별로 모임을 갖고 있으며 이를 마을 모임이라고 한다. 마을 모임의 조합원들은 생협의 사업과 활동을 공유하고 참여하면서 각각의 생협을 주도적으로 이끌어 간다. 이러한 자원 활동은 일본 조합에서도 발견하기 힘든 활력이라고 할 수 있다. 나아가 iCOOP생협이 꾸준히 발전할 수 있는 밑거름이었다.

iCOOP생협의 핵심 정책 중 하나는
안전한 먹을거리, 친환경 농산물을 서민들이 이용할 수 있도록 하는 것이다.
협동조합, 협동주의, 협동체 운동이 더 확산되고 지배하는 세상으로 가야
우리의 미래는 좀 더 아름다워질 수 있다.

협동조합은 본래 사회적 약자들이 협동으로 힘을 키우고 서로 돕기 위한 조직이다. 그런데 생협 물품의 가격이 비싸 중산층은 되어야 이용할 수 있다는 인식이 걸림돌이 되기도 한다. 서민들은 가난하고 여유가 없을수록 저가, 저품질의 식품을 이용할 수밖에 없다.

또한 소비자들이 더 많이 참여할 수 있는 사업 시스템이나 물품이 부족하다. 현재 시중에는 많은 유통 업체가 수많은 물품들을 내놓았지만 생협은 소비자의 필요와 요구를 충족하기에 아직도 부족하다. 시중에 나와 있는 유통 업체와는 보다 더 차별화된 상품과 전략을 마련할 필요가 있다.

그런 면에서 소비자가 원하는 식품의 안전을 지키려면 1차 생산물의 생산과 유통 구조를 개선하고 농산물 가공생산도 활성화해야 한다. 동시에 소비자의 요구 변화를 수용하고 그 요구에 부응해야 한다. 삶의 형태가 달라지고 여성들의 사회 진출이 활발해짐에 따라 간편하게 조리할 수 있는 상품을 개발하고 생협을 쉽게 이용할 수 있는 사업 시스템을 구축해야 한다.

이를테면 iCOOP생협의 참치 통조림이 그렇다. 이 참치 통조림은 품질 보증 및 안전을 위해 3~5개월의 짧은 유통기간을 정했다. 시중에 나와 있는 일반 참치 통조림에 비해 유통기한이 짧으며 가격 차이가 거의 나지 않는다. 이러한 차별화된 전략이 있어야만 한국의 생협이 더 발전하고 사회적 역할을 키워 대중화를 할 수 있다.

역시 문제의 중심에는 소비가 있죠. 우리 농업을 보호하고자 생산 체계를 갖추었더라도 얼마나 소비를 조직하고 소비 기반을 확보하느냐가 중요합니다. 생산 체계가 갖추어진 상황에서 값싼 중국산 농산물에 밀려난 국내산 농산물의 소비가 줄고 있기 때문입니다. 애국심이나 애향심에만 호소해서는 우리 농업의 문제를 풀 수 없습니다. 생협의 "소비를 통해 세상을 바꾼다"라는 구호는 이러한 고민에서 나왔습니다. 안전한 먹을거리, 생산을 지키고 지속시키기 위해서는 소비의 기반을 확보하는 게 무엇보다 중요합니다. 농가, 유통망, 가공 시스템을 개선하는 동시에 소비자의 요구에 맞추어야 하지요.

이정주 회장은 소비자들이 요구하는 안전한 먹을거리를 기업들이 잘 실천하지 않는다고 지적한다. 예를 들어 빵을 하나 만들더라도 생협은 더 안전하게 만들기 위해 천연 유화제를 사용한다. 연구 개발에 투자할 여력이 많지 않지만 조합원들의 요구가 있기 때문에 어렵더라도 시도했던 것이다. 생협이 우리 밀 빵에 이런 천연 유화제를 사용해서 빵을 만든다면 일반 상품과 큰 차별성을 갖게 된다. 우리 밀 베이커리 사업을 지역의 회원 생협들이 추진하고 있는데 소비 기반이 넓어지면서 더 나은 대안적인 식품을 만들 수 있게 된다. 여러 지역의 조합원들이 우리 밀 베이커리를 스스로 출자해서 만들고 우리 밀 빵 이용이 늘게 되면서 생협이 추진해 온 '우리밀살리기운동'이 현실화된 것이다.

iCOOP생협은 괴산군에 친환경 유기 가공식품 클러스터 단지 조성을 추진하고 있다. 2008년 초에는 구상 단계에 불과했던 친환경 유기 가공식품 클러스터 사업은, 조합원의 출자와 차입으로 자금을 마련해 190만 평에 달하는 부지를 매입했고 2011년 2월부터 충청북도의 사업 승인을 받아 단지 조성 공사 등 본격적인 사업을 추진하게 되었다. 물류 센터를 비롯해 30여 개 식품 업체들이 새로이 만들어질 친환경 유기 가공식품 클러스터에 입주할 준비를 하고 있다.

그동안 생협에 물품을 공급하는 가공생산 업체들이 여기저기 흩어져 많은 불편을 겪어 왔다. 또 생협의 가공생산 업체의 기술력과 생산 시설의 수준은 여전히 낮은 상황이다. 소비가 적으니 공장 가동률은 낮고 원가는 높을 수밖에 없었다. 이러한 문제를 친환경 유기 가공식품 클러스터를 통해 해결하려는 것이다. 지방자치단체도 지역 경제의 활성화와 일자리 창출, 친환경 농업의 활성화를 위해 적극적으로 바라고 있다.

생협에 물품을 공급하는 가공생산자들이 괴산에 공동의 물류 가공 단지를 만들어 기술의 효율성, 물류의 효율성, 시설의 효율성을 높일 수 있을 것이다. 더불어 가격 경쟁력도 가질 수 있다. 가공생산자뿐만 아니라 1차 생산자들도 함께 참여할 수 있어서 1차 농산물의 가공을 통해 더 많은 부가가치를 나눌 수 있다. 소비자들은 더 좋은 시설에서 안전하게 생산된 물품을 더 저렴한 가격으로 이용할 수 있다.

그래서 생산자, 소비자 조합원들이 참여해서 이 사업을 위해 자금을 모았던 것이다. 정부의 지원이나 금융기관을 통한 자금 대출에 의존하는 것이 아니라 이 사업을 통해 만들어질 물품과 서비스를 필요로 하는 사람들이 필요한 자본을 스스로 만들었다.

그래서 협동을 통해 만들어진 이익을 함께 공유하게 될 것이다.

현재 각 지역의 생협이 운영하는 자연드림베이커리를 판매하는 매장은 전국에 91개이다. 자연드림 매장은 배당을 많이 하거나 기업적 이윤을 추구하지 않는다. 협동조합의 본질을 잘 지킨다면 가격의 거품을 20~30퍼센트 덜어 낼 수 있다. 이러한 전략으로 소비자를 조직했고 기존에 형성된 베이커리 시장에서 자연드림베이커리가 자연스럽게 경쟁력을 갖출 수 있도록 노력했다. 더불어 빵, 밀, 쌀 등의 소비가 늘어나 1차 생산자에게 이득이 돌아갈 것이다. 친환경 유기 가공식품 클러스터가 본격적으로 가동이 되면 생협의 슬로건인 식품 안전과 우리 농업 지키기가 현실 속에서 구현될 것이다.

아름다운 미래를 위해

생협에 대한 정부의 지원을 보니 산지 견학을 하는 농·소·정 (농민, 소비자, 정부)사업에 기천만 원을 지원하는 정도에 그쳤다. 그래서 오항식 사무처장에게 생협이 대중화되고 발전하기 위해서 정부가 어떠한 지원 정책을 펴야 하는지 물었다.

생협은 협동조합으로서 기본이 되는 활동으로 경제사업을 해야 합니다. 협동조합이 사업 활동을 자유롭게 할 수 있어야 하는데 예전에는 기업처럼 유통을 해야 했습니다. 그래서 당시 생협법은 1차 농축산물과 수산물, 친환경 상품만 취급할 수 있도록 제한을 두었조. 친환경이라는 범위도 매우 애매합니다. 외국의 선진 협동조합은 소비자에게 필요한 어떤 상품도 취급할 수 있죠. 자동차나 TV도 취급할 수 있다는 겁니다. 생협법으로 협소하게 제약된 생협의 사업 범위를 넓히는 것이 일차적인 과제였는데 2010년에 생협이 바라던 대로 생협법이 개정되었죠. 조합원이 필요로 하는 물품은 거의 제한 없이 취급할 수 있도록 사업의 범위도 확대되었고 조합원을 위한 공제 사업도 가능해졌습니다.

그런데 오 사무처장은 생산 시설, 물류 시설의 설치와 운영에 대한 지원이 절실하다고 했다. 생산 시설, 물류 시설을 만들고 운영하는 일은 적어도 수십억 원이 필요한 시설 투자 사업이다. 생산 시설, 물류 시설에 대한 지원이 있어야 소비자들이 이용하는 최종 물품의 가격을 현실적으로 낮출 수 있다.

생협은 농업 조직이 아니어서 기획재정부 산하이고 물류 시설은 지식경제부 산하이다. 이처럼 관리하는 주무 부처가 각각 다르다 보니 제대로 지원을 받을 수 없다. 그렇기 때문에 생협의 조합원들이 온전하게 출자를 해서 물류 센터를 짓고 사업 시스템을 만들었다. 이는 생협이 가진 큰 저력이지만 사회적 지원이 병행된다면 지금보다 훨씬 많은 일을 할 수 있고 더 많은 소비자, 생산자들이 그 편익을 공유할 수 있다고 사무처장은 말한다.

생협의 매장이 안전한 먹을거리를 공급하는 거점으로서 더 많이 필요하지만 조합원 출자만으로는 한계가 있다. 정부나 지방자치단체가 물류 센터를 지어 생협에 임대를 하는 등의 지원 대책이 절박한 상황이다. 이제는 현재의 투기적 다단계 농축산물 유통 구조를 직거래 방식으로 개선해야 한다. 생산자에게 돌아가는 몫을 늘리고 소비자에게 안전하고 신뢰할 수 있는 먹을거리를 공급해야 하기 때문이다. 1차 생산자에서부터 소비자까지 하나로 연결되면 상생을 할 수 있다.

국가에 협동조합이 많으면 많을수록 국가는 살기 좋아진다. 영국의 소매 시장 20~30퍼센트 정도를 영국의 생협이 점유했고 북유럽은 훨씬 더 많다. 생협이 많은 국가일수록 복지 수준이 높다. 사기업이 아니라 협동체가 많을수록 복지에 도움이 되고 사회의 안전망이 튼튼해진다는 뜻이다. 사회적 양극화를 극복할 수 있는 대안 중 하나가 바로 협동조합을 만드는 것이다.

협동조합 선진국들의 생협은 이미 국가적 차원에서 유통 시장의 큰 비중을 차지할 정도로 경쟁력과 영향력을 갖추고 있었다. 하지만 우리나라는 전체 생협의 매출은 모두 합해도 5천억 원에 미치지 못하고 있다. 전체 식품 시장 규모가 약 200조 원이 된다고 하니 아직 대안 경제로서의 사회적 영향력은 미미하다. 우리나라의 농업 총생산액이 20조 원 정도 되는데 이중에서도 생협의 비중은 여전히 작다.

iCOOP생협의 두 지도자의 이야기를 들으니 우리 경제는 여전히 대기업에 휘둘리고 있었다. 협동조합, 협동주의, 협동체 운동이 더 확산되고 지배하는 세상으로 가야 우리의 미래는 좀 더 아름다워질 수 있다.

4부
협동조합이 희망이다

유기농은 농업의 대안이다

___ 풀무신협과 풀무생협

충남 홍성에 자리 잡은 풀무신용협동조합은 그동안 고리채高利債로 고생하던 농민들에게 든든한 버팀목 역할을 했다. 풀무신협은 조합원과 함께, 조합원에게 도움을 주고, 지역사회 발전에 기여한다는 목표를 가진 지역 조합이다.

임원 선거에서 선출된 이사는 첫 번째 이사회에서 '이사 선서'를 한다. 이 선서는 30년 전통을 이어 왔으며 '성실과 근면을 제일로 여긴다' '자기 자신의 이익을 우선하지 않는다' 등으로 신임 이사가 반드시 지켜야 할 기본 원칙이자 신협 운영 원칙을 기술했다. 이사들은 재임 기간 동안 선서 내용을 준수하고 원칙적으로 업무를 처리하고, 조합원에게 도움이 되는 일을 찾고 실천한다.

풀무신협을 책임지고 꾸준히 키워 왔던 정규채 전무를 만났다. 풀무농업고등기술학교를 졸업한 그는 1972년 풀무신협에 입사해 36년을 근무한 후 2007년에 정년을 맞았다. 타 지역의 협동조합들이 운영하기 어렵다고 하소연하는데 그는 어려울 게 없다고 단호히 말했다. 그에게서 협동조합이 지역 주민과 더불어 살아야 하는 이유를 들을 수 있었다. 더불어 풀무생활협동조합(풀무생협)의 박종권 이사장을 만나 풀무생협의 사업과 활동, 농업의 희망을 살펴보았다.

지역과 더불어 살아가는 풀무신협

1969년 11월 풀무학교 교사와 졸업생 18명이 중심이 되어 풀무신용협동조합을 창립했다. 주민 조합원 2,800여 명으로 구성된 풀무신협은 지역의 금융 등 신용 업무뿐만 아니라 미생물 공장을 지어 가축 사료를 생산하고 공급하는 경제사업과 축산 관련 농민 교육을 담당했다.

풀무신협은 이러한 고유 업무 외에도 홍동 지역 주민들의 의식 향상과 산업구조 재편, 소득 향상이라는 부수적인 활동을 펼쳐 나갔다. 친환경 농업을 도입해 주민에게 보급하고 실천함으로써 지역을 환경 마을로 만들고 소득을 향상시키고자 했다. 최근 풀무신협은 지역 단위의 친환경 농업의 순환 체계를 구성하는 활동을 진행했다.

대표적으로 유기 축산을 시험 사육하고, 미생물 사료 첨가제를 개발 생산하고, 유기 농산물 가공 사업을 확대하고, 지역 통화 사업 등을 진행한 것을 들 수 있다. 이러한 조합 사업에 풀무학교는 직간접적인 도움을 주고받았다. 풀무학교는 졸업생들에게 '지역에서 주민들과 어떻게 함께 살아갈 것인가'를 구상하고 실천하도록 과제를 내준다. 학생들은 졸업할 무렵 그러한 구상을 실천할 수 있는 방법을 모색하고 학교가 돕는 것이다. 가령 지역 통화(마을 돈)를 하고자 하면 학교에서는 "좋은 책이 있는데 공부해 보게"라고 조언을 한다.

협동조합의 유기 축산 담당자들은 풀무학교의 유기 축산 수업을 진행한다. 학교에서 연구를 할 수 있도록 정보를 제공하고 지역 통화는 학교와 풀무생협에서 먼저 시작해 마을로 확대하는 방식으로 순차적인 실천을 했다.

지역 조합과 보조를 맞추어 풀무학교에서 운영하는 학교 생협은 교사들과 학생들이 조합원으로 참가하고 운영한다. 폐식용유를 이용해 친환경 비누를 제조하고 판매하는 풀무 비누 공장을 초기에 시작했다. 또한 학교에서 재배한 밀로 만든 빵을 생산하여 급식용으로 공급하다가 지역의 여성농업인센터, 어린이집 등에서 주문을 받아 지역에 공급했다. 나아가 지역에서 재배되는 농산물 원료를 이용한 가공식품을 생산했다.

조합, 개인, 회사, 국가의 살림은 원칙이 똑같죠. 경비를 줄이고 아끼면 됩니다. 우리네 집안 살림과 같습니다. IMF 외환 위기 때 저희는 어려운 줄 몰랐습니다. 서울중앙회에서 합병 권고를 하러 온 사람이 있었는데 풀무신협을 보고서는 오히려 홍보팀을 보내겠다고 했어요. 재무구조, 경영 등 전반에 문제가 없다는 것이죠. 재무구조상에서 적립금이나 건전성이 직장 조합을 빼고는 1등급이었습니다. 타 지역 조합에서는 최고 점수가 2등급이었죠.

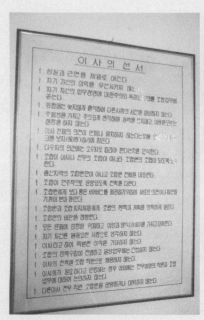

풀무신용협동조합은 고리채로 고생하던 농민들에게 든든한 버팀목 역할을 했다.
조합원과 함께, 조합원에게 도움을 주고, 지역사회 발전에 기여한다는 목표를 가진
풀무신협. 그래서 선출된 이사는 '이사 선서'를 한다.

협동조합이 초창기의 정신과 조합원을 위해 일하는 원칙만 지킨다면 살림은 어려울 게 없다고 정 전무는 강조했다. 또한 정 전무는 협동조합이 조합원을 아끼고 사랑하는 자세와 지역 주민과 더불어 살아가기 위한 방법을 깊이 고민해야 한다고 당부했다.

풀무신협의 과제

농촌 신협의 과제는 농민이 처한 문제를 해결하는 것이다. 자유무역협정 체결로 농산물 수입을 개방하면 우리 농민들은 더 어려워지고 농업의 미래는 어두워질 수밖에 없다. 우리 농촌은 경지 면적이 3천여 평이지만 외국의 광활한 경지 면적과 선진화된 기계화를 우리와 비교하면 경쟁조차 되지 않기 때문이다.

정규채 전무는 지역 주민과 함께 생태계를 살리며 순환 농업을 할 수 있는 소농 중심, 친환경 농업만이 농업의 대안이라며 유기축산도 유기 사료를 중국에서 가져오고 친환경 농업 볏짚을 확보하면 쉬워진다고 했다. 그리고 이러한 친환경 농업을 개개인의 농민에게 떠넘기지 말고 협동조합이 앞장서서 맡아야 한다고 강조했다.

미생물의 세계는 눈에 보이지 않는 우주가 또 하나 있다고 말할 수 있죠. 지금 토양에 살던 미생물들이 거의 죽어 버렸습니다. 하지만 환경만 맞으면 미생물이 금방 다시 살아나죠. 우리 농업은 비료와 농약 제초제를 사용하면서 생태계를 엄청 파괴시켰습니다. 미꾸라지와 송사리가 살 수 있는 환경이 사라진 것이죠. 또한 인류에게 엄청난 피해를 주고 있는 조류인플루엔자AI, 구제역들도 바이러스로서 친환경 축산이 이루어져야 피해를 줄일 수 있는 것이죠.

친환경 농업은 농업의 밝은 미래를 만들기 위한 필연적인 선택일 것이다. 우리 농촌은 비료와 농약으로 오염되었고 생태계는 파괴되었다. 더 이상 가만히 앉아 현실을 방관할 수는 없는 노릇이다. 풀무신협에는 친환경 농업 전문가가 많으며 정 전무는 친환경 농업 컨설턴트를 자임했다.

지역공동체의 동력, 풀무생활협동조합

지역의 든든한 버팀목으로서 풀무신협이 농촌문제를 해결하고 있다면 풀무생협은 지역공동체의 동력으로서 자리 잡았다. 풀무생협은 안전한 먹을거리 공동 생산 및 가공 사업, 물자 공동 구매 및 기술 보급 사업, 공동 이용 시설 운영 및 도농 연대 사업, 생활 환경 개선 및 문화 활동, 환경 보존 및 자원 절약 운동 등을 펼쳐왔다.

풀무생협은 다른 생협과 규모가 다르다. 일찍이 지역에서 유기농을 시작한 덕에 도시의 소비자들이 원하는 농산물 150여 종을 공급한다. 그러나 잡곡류 중 콩, 오이 등에 농약을 사용할 경우는 수량을 맞추어 공급하지 못한다. 풀무생협의 생산자는 1천여 명이며 홍동면과 장곡면의 농민들이 주된 조합원이고 작목반은 매우 다양하다. 23개 작목반의 쌀 생산위원회, 23개 작목반의 채소 생산위원회, 7개 작목반의 축산위원회가 모여 풀무환경농업영농조합법인을 구성했다.

풀무영농법인에 사무국을 설치하여 각 생산위원회 생산관리, 생산 조정 및 관리, 가격 조정과 판매 등의 업무를 진행한다. 사무국은 농축산물 개별 품목마다 생산 규정을 정하여 규격품 판매를 하며 물류 파트를 별도로 두어 수도권 및 각 소비처의 물류를 전담하고 있다.

풀무생협과 소비자 생협이 연결된 전산 시스템이 있다. 풀무생협에서 자체적으로 개발한 'K-SYSTEM'은 재고량, 품목별 매출액 등을 전산으로 관리하는 시스템이다. 전산 시스템이 구축된 후로는 직접 밭에 나가지 않고 컴퓨터만 봐도 현황을 알 수 있게 되었다.

유기농 인증 기관은 흙살림과 농관원 두 곳인데 풀무생협은 두 가지 인증을 받았다. 유기 농산물은 저농약, 무농약, 전환기, 유기농 등의 인증 절차를 거친다. 최종 목표는 유기농이며 전환기 3년이 지나야 유기농이 된다.

지금 풀무생협이 공급하는 농산물 전부는 전환기 이상 유기농이다. 그래서 값비싼 주곡류로 차별화 전략을 내놓았다. 중국에서 값싼 농산물이 들어왔으나 풀무생협은 생산물의 품질관리를 철저히 하고 차별화 전략을 펴고 있기 때문에 농업의 미래는 어둡지만은 않다. 또한 CI를 개발해서 브랜드 전략을 펼쳤다.

유기농은 미래 농업의 대안

홍성 지역은 유기농 전통을 20여 년 동안 이어 왔기 때문에 풀무생협에 큰 도움을 주었다. 그래서 20여 년 전부터 도시의 소비자 조직과 연계해 직거래 운동을 펼쳤다. 즉 1989년 여성민우회생협과 직거래 사업을 시작하면서 유기 농산물 생산이 활성화되었다.

생활재 및 농자재 공동 구매, 친환경 농업을 하기 위해 1980년 창립한 풀무소비자협동조합은 2000년이 되면서 풀무생활협동조합으로 재출범하여 사업의 규모를 키웠다. 2004년 이후에는 소비자의 유기농 인식이 높아지고 생산구조가 확대되면서 직거래를 중심으로 매출과 생산량이 많이 늘었던 것이다.

오수산에서 물은 두 갈래로 흐르는데 하나는 광천을 지나 바다로 흘러가고 다른 하나는 홍동면을 지나 예천으로 흘러간다. 풀무생협은 수계水系를 중심으로 친환경 농업을 확대시키기 위해 유기농 단지를 만들었다. 그 지역이 친환경 농업으로 전환하면 생태계는 복원되고 농가들은 삶의 질을 높일 수 있다.

친환경 유기농은 농민이 혼자서 할 수 없으므로 마을 단위로 유기농 단지가 있다. 지역에서 농업 문제의 대안으로 유기농을 해야 하는 것이다. 과거에는 철학적 동기를 가진 사람들이 유기농을 했다면 이제는 소비자가 참여하면서 경제적 동기를 가진 사람들이 유기농을 한다.

지역사회에서 농협과 생협은 함께 움직인다. 생협은 오리 농법 이후 농협과 같이 작목반을 만들었다. 매출을 내는 시장이 같기

풀무생협은 수계를 중심으로 친환경 농업을 확대시키기 위해 유기농 단지를 만들었다.
친환경 농업으로 전환하면 생태계는 복원되고 농가들은 삶의 질을 높일 수 있다.

때문에 경쟁 구도를 갖지만 서로 협조를 한다. 농협은 전체 매출액이 50억 원이고 쌀이 주요한 판매 사업이다. 쌀이 없다면 농협은 금융기관으로 전락하고 말 것이다.

같은 지역에서 나오는 생산물이더라도 단가가 각기 다를 수 있다. 그래서 홍동 쌀 작목 연합회에서 단가 조절, 기술 연구 등을 한다. 홍성 학교 급식을 하면서 일반 쌀을 먹는 학생들에게 일반 쌀 가격으로 유기농 쌀을 공급하고 차액을 작목 연합회에서 생산자에게 지급했다. 그런 식으로 2년 동안 유기농 쌀을 공급하니 지방자치단체에서 관심을 갖고 매년 5억 원가량 되는 차액을 지원했다. 급식에 공급되는 유기농 쌀은 농협과 생협에서 나누어 공급한다.

주로 쌀 매출을 올리는 농협과는 달리 생협은 축산, 가공식품 매출이 있다. 지역에 생태 순환형 농업이 정착되어 유기 축산을 하는 농가가 많다. 유기농 볏짚이 많아 축산에 사용하고 그 축산 배설물을 퇴비로 써서 다시 농사를 짓는다. 이러한 순환 농업 시스템은 다른 지역에서 찾아보기 어렵다. 순환 농업은 지역 자연 생태계를 보전할 수 있고 소비자에게 안전한 먹을거리를 제공할 수 있다. 더욱이 지속 가능한 농업을 실현한다는 데 의미가 있다.

2003년 생협 산하 사업을 목적으로 한 풀무 환경 농업 영농조합법인이 출범했고 '풀무햇살' 유기농 벼 건조 보관 센터를 준공했다. 3천 톤급 벼 건조 시설이 1,700평이고 저온 창고는 160평이다. 유기농 가공 공장 부지가 3천 평이고 2008년에 친환경 벼 도정 공장을 함께 지었다. 이러한 시설에서 풀무햇살이 나온다. 또한 같은 해에 농업회사법인 (주)홍성풀무 떡 가공 시설을 지었으며 2009년부터는 채소 소포장 사업, 도농 교류 체험 학습 등으로 사회적 일자리 창출 사업을 했다.

아직까지 일반 관행 농업을 하는 농가에 비해 유기농 사업, 환경 농업을 하는 농가는 소수입니다. 경제사업을 중심으로 운영되는 유기농 농업협동조합이 따로 있으면 좋겠어요. 농업협동조합법에 따라 유기농 농업협동조합이 탄생된다면 정부와의 정책적 관계나 농지 활용, 수매 자금 등에서 큰 변화가 있을 겁니다. 유기 농업 자조금제가 생긴 점을 미루어 보면 농림부는 유기농을 하나의 품목으로 간주한 것입니다. 농업협동조합법에 의해 유기농을 하나의 품목으로 볼 수 있다면 유기농 농협 설립 근거는 이미 만들어진 것입니다.

박종권 이사장은 정부가 그동안 농촌에 투자를 많이 했지만 실패했고, 환경 농업에도 투자했지만 친환경 농산물 특성상 품질이 중하위이고 잔량이 남았다고 말한다. 친환경 농산물 소비가 점차 늘어났지만 수입 유기농이 차지하는 비율이 높기 때문이다. 친환경 농산물의 잔량을 가공하면 문제는 해결될 수 있다.

정부는 가공 산업에 대한 투자를 적극적으로 해야 한다. 친환경 농업의 발판을 다져서 여건이 향상된 지역에 정부는 과감한 정책을 펼쳐 1차 산업으로 판매하는 것뿐만 아니라 가공 산업으로 농가의 부가가치를 높여야 한다. 이처럼 친환경 농산물을 가공하고 소비자에게 공급할 수 있는 구조를 형성하려면 유기농 농업협동조합 설립은 더욱 시급하다.

지속 가능한 농업

풀무생협은 한 농가당 연 5천만 원, 순소득 3천만 원을 목표로 삼고 있다. 소득의 구조는 논농사뿐만 아니라 밭농사, 축산의 순환적 농업 체계 구축에 기반을 두었다. 1.5헥타르의 소규모 농이 중심이 되었다. 가족 농과 소규모 농 중심의 체계로 지역 농업의 완결성을 구축하는 것이다.

생산뿐만 아니라 판매도 동반되어야 한다. 직거래 중심의 판매에 중점을 두면서 일반 시장 판매도 확대하려 한다. 풀무생협은 한국 유기 농산물 도매 시장에 출자해서 일반 시장 유통에 대한 판매 사업을 준비했다. 경영 능력의 한계를 고려해 정책적으로 조합원을 1천여 농가로 제한했다. 한 농가당 5천만 원, 총매출액 500억 원이 되면 최적화된 규모이다.

농림수산부는 농업에 대안이 없다고 한다. 그러나 박 이사장은 대안이 있다고 말한다. 정부는 대규모 농업을 대안으로 내놓지만 풀무생협은 소규모 농업을 대안으로 여긴다. 최대 1만 평은 유기농을 하기 어렵고, 면적을 더 확대할 수 없다. 정부가 규모화 농업정책을 펴더라도 중국이나 미국의 농업에 비하면 우리의 농업은 여전히 소규모 농업일 수밖에 없다. 소규모 농업에 참여하는 농민들이 공동으로 유기농을 해서 생산비 인하, 기술 향상, 시설 공동 설치 및 관리 등을 한다면 규모화는 사실상 이루어지는 것이고 우리 농업은 경쟁력을 가지게 된다.

그렇게 된다면 우리의 농업은 지속 가능해진다고 박 이사장은 말했다. 그래서 풀무생협의 행보가 더 기대된다. 풀무생협은 지역 토양 조사를 바탕으로 토지별, 작목별 맞춤형 퇴비를 생산하고 공급할 수 있는 축분 자원화 시설과 지역의 부산물을 중심으로 고효율 저가의 사료를 생산하고 공급할 수 있는 T.M.R 사료(Total Mixed Ration : 완전 혼합 사료) 공장을 준공할 계획이다.

뿐만 아니라 소비자와의 연대를 넘어 지역 경제를 활성화할 수 있는 친환경 농축산물을 전시하고 홍보하는 판매관, 유기농 전용 식당을 갖추려고 한다. 이러한 시설들이 언제 갖추어질 수 있느냐는 문제가 되지 않는다. 다만 풀무생협이 우리 농업이 가야 할 방향으로 착실하게 걸어가고 지역공동체 문화를 발전시키고 있다는 게 더 중요하다.

풀무생협을 방문한 후 나는 우리의 농민들이 모두 유기농 소규모 농업을 한다면 정말 우리 농업이 지속 가능할 수 있을까 궁금해졌다. 농업의 희망이 거기에 있다면 주저하지 말고 시도를 하는 게 옳지만 현실은 여전히 만만치 않아 내 한쪽 가슴을 짓눌렀다. 그러나 풀무신협과 풀무생협이 지역 농업의 버팀목으로 있는 한 희망은 일파만파 퍼져 나갈 게 분명하다.

도시와 농촌이 만나면 희망은 현실이 된다
__ 고삼농협

경기도 안성 고삼농협은 특별하다. 농민의 삶과 동떨어진 채 많은 비판을 받는 여타 농협과는 달리 오롯이 농민을 위한 사업을 추진해 온 까닭이다. 유기농 쌀 직거래와 농기계 임대 사업, 농촌 사회적 기업 육성 등 선도적인 사업을 통해 한국 농업의 희망을 찾을 수 있는 근원지로 자리 잡았다. 조직 내부도 농민운동 단체와 같이 활기찬 모습이다.

고삼농협이 특별한 또 하나의 이유가 있다. 지역의 많은 농민이 일이 잘 풀리지 않거나, 힘을 얻고 싶을 때 농협을 찾는다. 농민의 '멘토' 역할을 묵묵히 수행하고 있는 조현선 조합장을 만나기 위해서다. 그리고 농협은 이들의 작은 목소리들을 놓치지 않고 농협의 새로운 사업으로 만들어 간다. 농촌에 농협이 존재할 수 있는 이유는 농민이 있기 때문이라는 것을 그는 몸소 보여 주었다.

지역에서 '희망 찾기'를 시작한 이후 여러 차례 조현선 조합장을 만나 보라는 권유를 받았다. 그를 통해 우리 농업의 미래에 대한 지혜를 얻을 수 있다는 뜻이었다. 안성 고삼농협에서 그와 마주 앉아 '특별한' 농협 이야기를 들을 수 있었다.

농협으로 농민운동을

조현선 조합장은 1980년대에 가톨릭농민회 활동을 했다. 가톨릭농민회에서 어떻게 살아야 하는가를 고민했다. 그는 "만약 가톨릭농민회를 만나지 않았다면 아무런 걱정 없이 잘 살았을 것이다"라고 말을 꺼냈다. 분명히 농민회는 그를 성장시켰다.

안성 지역은 가톨릭농민회와 같은 농민회 조직이 활발했다. 농민들은 모여서 농촌의 앞날을 고민했다. 당시 농협은 쌀 수매나 판매를 하지 않았다. 그래서 마을 청년회는 농활을 통해 만났던 대학생들과 서울에 '좋은 쌀가게'를 함께 만들어 판매 사업을 시작했다. 안성으로 의료 봉사 활동을 왔던 대학생들과는 의료생협을 만들기로 했고 그가 추진위 집행위원장을 맡았다.

그러던 중 지난 1986년부터 시작한 농업과 서비스 분야의 무역협정, 우루과이라운드UR 협상이 1993년 타결되었다. 장기간에 걸쳐 타결된 협정은 그를 비롯한 농민들에게 상당한 상실감을 주었다. 그래서 그는 지역 농민회와 함께 농협을 통해서 지역 활동을 하자고 결심을 했고 1994년 1월 조합장 선거에 나갔다. 서른여덟 살에 고삼농협의 조합장이 되었다.

우선 고삼농협의 장기 발전 계획을 세우는 일을 시작했다. 농업을 고민하고 있던 외부의 젊은 연구자들에게 도움을 청했다. 농협의 조합원을 만나 전수조사를 하고, 농업경영을 살펴보고 농업 환경을 분석했다. 그래서 지역에서 친환경 농업 개념이 나왔다. 농민들은 처음에는 "옛날 재배 방식처럼 손으로 논을 매자는 것 아닌가"라며 친환경 농업을 낯설어했다.

1995년부터 천주교에서 우리 농촌 살리기 운동을 시작했고 이 지역에서 생산된 유기 농산물을 서울의 여러 성당이 구매하기로 약속했다. 현재 고삼농협에서 생산하는 유기 농산물의 30퍼센트가 그렇게 소비되고 있으며 2010년에는 지역 내 200헥타르(180농가)에서 유기농 쌀을 재배하여 직거래와 학교 급식(경기, 서울 40여 개 학교) 등으로 공급한다.

공동 구매하고 공동 판매한다

조합장이 된 그는 농가의 비용 절감을 위해 고민했다. 농협이 유일한 농민 생산자의 경제 조직이지만 개별 농협별로 구매 계약을 해서는 농자재 구입비를 낮추는 데 한계가 있었다. 그래서 그는 1999년 조합장들을 모아 각 농협들의 개별적인 구매 체계를 공동 체계로 바꿔 구매를 하자고 제안했다. 그렇게 해서 각 농협이 '사업 연합회'의 형태로 모여 개별적인 경제사업의 한계를 극복하고 규모 있는 경제사업을 시도했다.

당시에 농협의 사룟값이 높았기 때문에 농민들의 민원이 많았다. 사룟값을 우선 해결하기로 했다. 사료 제조 회사들은 농민들에게 싸게 판매하고 농협에는 비싸게 팔았던 것이다. 그래서 22 개에 이르던 거래 회사를 4개로 줄이고 사료 가격을 직거래 수준으로 낮추었다.

또한 기름값이 농협마다 공급되는 가격이 달랐다. SK에너지, S-Oil, GS칼텍스, 현대오일뱅크 등 4대 정유 회사가 있는데 폴 사인pole sign을 세우는 데 1억 5천만 원 정도가 들었다. 폴 사인은 주유소 상표 표시를 하는 것으로, 한 주유소에서 특정 정유사의 폴 사인을 달고 해당 정유사의 석유 제품만을 판매한다. 그만큼 기름값을 비싸게 받을 수밖에 없어서 고삼농협은 폴 사인을 없애는 작업을 했고 현재도 '무폴' 운동을 한다. 불공정한 거래 관행을 없애기 위해 공정거래위원회에 제소하고, 농협중앙회에 도움을 요청했다.

석유 회사의 폴 사인을 세우는 비용은 10년에 걸쳐 갚아야 하는데 만약 석유 회사와 거래를 끊는다 해도 10년어치를 한꺼번에 다 부담해야 했다. 이러한 문제를 고삼농협은 농협중앙회와 함께 고민한 결과 기름값을 낮추었다. 전국 농협 단위로 보면 엄청난 비용이 발생하지만 농협중앙회가 기름을 취급하면서 효과를 보았던 것이다.

공동 구매는 복잡하지만, 나중에는 반드시 이익이 되더군요. 자신감을 얻었습니다. 농협들이 협동을 통해 이득을 얻는 구조를 고민한 결과입니다. 약한 사람들끼리는 뭉쳐야죠. 지금은 뭉치면 뭉칠수록 힘을 얻는 구조를 갖추게 되었습니다.

장제 용품의 가격이 터무니없이 비쌌다. 그는 장제 용품도 사업 연합회에서 공급 업체와 계약을 하고, 각 농협은 공동 구매를 통해 바가지요금을 내릴 방법을 찾았던 것이다. 또한 사업 연합회는 구매 사업에 이어 농산물 유통 구조 혁신에도 힘을 쏟았다. 농산물이 시장에 나가면 품질 경쟁뿐만 아니라 가격 경쟁도 해야 한다. 규모화가 가능한 농산물부터 시도했다. 사업 연합회는 농민들이 생산하는 쌀을 전량 수매하고, 한우, 인삼, 배, 포도 등으로 품목을 넓혀 가며 공동 판매 사업을 추진했다.

이러한 사업들이 순탄했던 것만은 아니다. 쌀 판매에서 어려움을 겪을 때는 농민들에게 무수한 지탄을 받기도 했다. 그럴 때마다 그는 "이것이 올바른 방향"이라고 농민들을 설득했다. 지금은 유통 규모가 1년에 700억 원에 다다랐고 전국적으로도 좋은 모델이 되었다.

농민의 극찬을 받은 농기계 임대 사업

조현선 조합장의 큰 고민 중 하나는 농가 부채 문제였다. 정부의 보조가 있으나 농민들이 부채의 부담을 져야 하는 현실이었고 그는 농가의 부채를 줄이고 생산성 부채로 전환할 수 있도록 노력했다.

농기계 임대 사업은 농가 부채에 대한 고민에서 시작했습니다. 농기계를 사는 것 자체가 부채입니다. 농가들이 개별적으로 사들이

던 농기계를 농협에서 구입해 공동으로 사용할 수 있도록 하는 거죠. 반드시 필요한 농기계만 구입하여 낭비를 막는 것입니다. 우선 농협이 할 수 있는 일로서 퇴비 살포기, 못자리 흙 치는 기계, 콩 탈곡기 등의 작업기를 일정 수량씩 구입해 마을별로 제공했습니다. 또한 고장 날 경우를 대비해 농협에도 비상용 기계를 비치했습니다.

트랙터, 콤바인 등 대형 농기계를 구입하면서 개별 농가의 부채가 많아졌다. 대형 농기계들은 가격이 비싸기 때문이었다. 콤바인은 가격이 4천만 원을 호가한다. 정부의 농가 지원금 중 농기계 부채에 투입되는 금액이 30퍼센트에 이른다. 그래서 그는 도의원에게 벼농사용 농기계 임대 사업으로 농작업 대행 사업을 제안했고 1999년부터 경기도에서 시범 사업으로 실시했다. 지금은 안성 전역을 비롯해 경기도 대부분 지역에서 농작업 대행 사업을 실시하고 있으며 고령 농가와 부녀자, 장애인 들에게 우선적으로 혜택이 돌아간다.

지자체가 농기계를 구입하고 농협에서 임대를 해서 농작업 대행 서비스를 실시했다. 이 사업을 처음 시작할 때는 여러 농민들이 운전하여 농기계 고장이 잦고 수리비 부담이 컸으나 농민들이 직접 농기계를 관리하고 운영하는 '책임 운영제'를 도입하면서 농기계 고장이 줄었다. 고삼농협의 '책임 운영제' 운영 모델은 2008년부터 전국의 농협이 참여하는 농기계 은행 사업, 농작업 대행 사업으로 확대되었다. 이러한 농기계 임대 사업은 농민들의 극찬을 받았다. 이러한 성과에도 불구하고 그는 농협이 성장하는

동안 농민들은 반대로 어려움을 겪어 왔다고 한다. 농협의 조합
장으로서 그가 추진하는 모든 사업은 농민의 신뢰를 쌓고 불신을
메우는 과정이라고 했다.

농가의 소득을 증대시키는 사회적 기업

고삼농협 산하에 3개의 위원회를 만들었다. 위원회에서는 농민
의 소득과 삶의 질을 높이는 방안을 집중적으로 연구한다. 연구
를 하면서 소득 증대를 위해 콩을 심자는 아이디어가 나온 적이
있다. 농협에서는 곧바로 고가의 콩 탈곡기를 구입해 마을별로
공급을 해서 농민들이 무료로 사용할 수 있도록 조치를 했다.

농협 직원들은 농민들의 소득 현황을 조사했다. 직접 가 보면
농민들의 살림살이가 형편없다. 농민 60퍼센트가 연간 1천만 원
정도의 소득에 머문다. 그는 "우리가 제대로 하고 있는가, 최선을
다하고 있는가"라며 거듭 반성했다. 농민들의 부채가 늘어나도,
삶의 질이 개선되지 않아도 농협 직원들 월급은 제대로 나온다고
농민들에게 미안한 마음을 비쳤다.

그래서 고삼농협은 농가의 소득을 증대시키기 위해 노동부의
'사회적 일자리 사업'에도 참여했다. 농업이 기계화되면서 농촌
에서 소규모 농가의 현금 흐름이 원활하지 못한 농가 수가 늘어
났다. 농업 소득이 낮은 농민들이 지역에서 필요한 농자재를 만
들어 공급함으로써 지역 농업과 연계한 새로운 일자리를 만들어
냈다. 외부에서 사 오던 농자재 대신 쌀겨와 미생물을 활용하여

퇴비와 사료 첨가제 등을 만들어 매달 120~130만 원의 수익을 창출했다. 현재 30명이 일하고 있는 생명농업지원센터는 농협에서 분리하여 별도 법인이 되었고, 농촌형 사회적 기업으로 인증을 받았다. 그리고 농업을 소재로 농업 내외부와 연계한 다양한 사업을 모색하고 있다.

2009년에는 농촌 고령 농가들을 위한 사회 서비스로 '찾아가는 학교 농장' 사업을 개발했다. 도시 학교를 찾아가서 학교 내에 채소 텃밭 만들기, 전통 농기구 체험 활동, 생태 문화 체험 활동 등을 수행했다. 또한 2010년에는 농림수산식품부의 '녹색 식생활 교육'에 생명농업지원센터가 참여하여 경기도와 충남, 대전 등 12개 학교에서 어린이 식생활 교육을 진행했다.

고삼농협이 함께하는 사회적 기업 생명농업지원센터는 농촌의 자원을 활용한 농촌 내부의 순환은 물론이고 도시와 연계하여 농촌형 사회 서비스의 새로운 모델을 개발하는 데 노력을 다하고 있다. 이처럼 농촌형 사회적 기업은 농업, 농촌의 잠재적 수요를 경제적인 부가가치로 바꾸는 좋은 사례라 할 수 있다.

농산물 매장은 농업의 전진기지

농업을 살리려면 소비자를 움직여야 한다. 그러므로 그에게 농산물 매장은 단순한 판매처가 아닌 '농업의 전진기지'이다.

"유기 농산물은 판매에 어려움이 많습니다. 토양과 자연환경을 살리는 좋은 농업 방식인데도 생산물을 팔기가 힘듭니다. '한살림'이나 '민우회' 같은 친환경 농산물 소비 조직이 있지만, 돈이 없어 매장을 내는 데는 어려움을 겪고 있습니다. 그런 생협들이 매장을 만들 수 있도록 정부가 보조해 줘야 합니다. 농림부에서 24억을 지원 예산으로 배정해 두었는데, 한미 FTA가 타결되면 주겠다고 했습니다. FTA 대책으로 만들어 두었으면 지금이라도 빨리 도와줘야죠."

고삼농협은 자체 예산 2억 원을 들여 죽전, 수지, 분당에 이미 3개의 농산물 매장을 냈다. 운영은 가톨릭농민회에서 맡았다. 이 매장에서 쌀은 고삼 유기농 쌀만 판다는 조건을 붙였다. 그는 도시 소비 시장에 농협이 직접 나서면 식상하지만 외부 소비자 단체가 매장을 운영하면 신선하다고 했다.

그가 도시의 농산물 매장을 중요하게 여기는 이유는 농산물 매장이 단순히 농산물을 사고파는 곳이 아니기 때문이다. 농산물 매장은 도시의 소비자들이 농업을 만나고 이해할 수 있는 교량 역할을 한다. 곧 농업의 전진기지이다. 농민이 스스로 우리 농산물을 이용해 달라고 홍보하는 것보다 도시의 소비자가 입소문을 내는 것이 보다 더 효과적이라는 뜻이다.

도농 교류는 희망이다

그는 "생산자와 소비자의 만남이 중요하다"고 거듭 강조했다. 온 국민이 농업을 이해하고 소중히 여겨야만 우리 농업의 미래가 밝기 때문이다. 국민이 농업의 필요성을 얼마나 인정하는가에 따

"농업이 있으니 푸른 들판을 볼 수 있고, 황금 들녘도 볼 수 있고
우리 삶이 더 풍요로워진다!"

라 미래가 달라진다. 단순히 자동차, 휴대전화 등과 같은 공산품을 팔아 쌀을 사 먹으면 된다고 여기면 농업에 희망이 없다. 반면에 "농업이 있으니 푸른 들판을 볼 수 있고, 황금 들녘을 볼 수 있고 우리 삶이 더 풍요로워진다!"고 여긴다면 희망이 있다.

도시의 소비자들이 농산물을 단순한 상품으로만 봐서는 안 된다고 말하는 조현선 조합장은 소비자와 생산자가 직접 현장에서 만날 수 있는 방법을 끊임없이 고민한다. 유기 농업을 하면 도시 소비자들이 농업에 관심을 갖고, 체험하려고 한다. 생산자와 소비자가 만나면 희로애락을 공유할 수 있기에 이러한 도농 교류는 희망을 만들어 가는 과정이다.

도시의 성당들이 유기농 쌀을 생산하는 작목반과 자매결연을 했고 농번기가 되면 농촌 들판에서 함께 모내기를 한다. 농민들은 소비자들을 위한 체험 농장을 만들어 열무, 옥수수, 배추 등을 연중 심어 놓고 초대를 한다. 참석하지 못한 사람들을 위해 농민들이 수확을 해서 도시로 보내기도 한다.

조현선 조합장의 말이 가슴에 남는다.

"도시와 농촌이 만나면 희망은 현실이 됩니다."

모든 이익을 조합원에게 돌려준다

__ 해남 옥천농협

    대다수 농업협동조합은 비판을 받는다. 농협은 돈 장사를 하며 배를 불리는데 정작 농협의 주인이자 조합원이라는 농민은 가난뱅이가 되고 있기 때문이다. 벼농사는 우리 농민들의 주요한 소득원이자 목숨과 같다. 그런데 쌀 소비는 점점 줄어들고 시장 개방은 가속화되고 있다. 해마다 농가 부채는 늘어나고 쌀값은 들쭉날쭉한다.

    그런데 전남 해남 옥천농협은 쌀 사업을 통해 농촌문제의 근본적인 대안과 희망을 제시했다. 쌀을 최상품으로 브랜드화하고 농민들을 배부르게 만든 것이다. 옥천농협이 자랑하는 전국 최상품 쌀은 '한눈에반한쌀'이다. 이 브랜드는 '바다남쪽구슬샘'이나 '첫사랑'이라는 브랜드로 이어졌다. 농민들에게 이익을 나눠 주는 것은 희망을 나눠 주는 것과 별반 다를 게 없었다. 옥천농협의 양용승 조합장과 임창석 지소장을 만났다.

우리는 농민 교육을 한다

양용승 조합장은 "농민에게 희망을 주려면 농민이 스스로 일어나도록 해야 한다"고 말했다. 정부가 소득 보조금을 농가에 지원하기보다는 농민들이 자주적인 협동 의식을 갖출 수 있도록 교육을 시키는 게 중요하다고 판단했다. 소득 보조금 등에 길들여진 조합원은 자주 의식이 부족하기 때문에 옥천농협 임직원은 조합원들의 의식을 혁신시킬 수 있는 교육을 실시했던 것이다.

지역에 65세 이상 조합원들이 57퍼센트를 차지하고 있어 교육을 하려던 옥천농협의 임직원들은 막막했다. 누구를 데리고 교육을 하고 누구와 함께 친환경 농업을 할 수 있을지 의문이었다. 하지만 전국농민회총연맹 부회장을 비롯해 농민 단체들을 지역으로 모셔와 조합원들을 교육했고 점점 조합원들의 의식이 변화되었다. 2006년 3월에 200여 명이 교육을 받았고 영농 교육은 400여 명이 받았다.

옥천농협 임직원들이 조합원들을 대상으로 교육을 시키면서 조합원과 농협은 상호 신뢰를 쌓았고 공동체의 협동 의식을 높일 수 있었다. 교육을 통해 계약 재배 매뉴얼을 작성하고 재배 방법을 균일하게 만들어 내는 효과를 얻을 수 있다. 또한 양질의 원료 벼 생산이 가능해졌다. 지금은 계약 재배가 완전히 정착되어 연간 40킬로그램, 13만 가마를 수매하고 판매한다.

지역의 쌀은 유기농, 무농약, 관행농으로 재배된다. 옥천농협은 수매를 할 때 쌀 재배 방식에 따라 분리하고 각각 다르게 표시를 했다. 모든 조합원들에게 유기농 쌀을 재배하자고 독촉했지만 가능성이 없었다. 65세 이상 조합원들은 소출과 수익이 적은 탓에 농약을 사용하려고 했다. 하지만 50세 미만 농민들은 유기농에 도전했고 20헥타르 단위를 지정해 유기농 쌀을 생산했다. 유기농이 보편화되려면 소득 수준이 더 높아야 한다. 게다가 65세 이상 농민들이 농사를 짓는 동안 유기농으로 완전히 바꿀 수 없다. 그나마 유기농을 소규모로 할 수 있어서 다행스러웠다.

옥천농협은 조합원들에게 가급적 농약이나 비료를 적게 쓰도록 권유했다. 주 소비 계층에 유기농 쌀로만 공급하는 것은 불가능하여 타겟 마케팅 전략으로 소비 계층을 분할하여 공급했다. 해남 옥천 지역에서 유기농 쌀의 대량 생산은 사실상 불가능하고 소비 계층이 늘어난다 해도 시장 점유율이 낮을 수밖에 없기 때문이다.

해남에서 쌀농사를 지으면 흥한다

우리는 브랜드를 살린 벼만 수매했습니다. 품종의 특성을 살린 쌀을 생산하는 데 3년이 소요되었죠. 경쟁이 없는 경영은 없습니다. 서당 개 3년이면 풍월을 읊는다는 말처럼 3년 동안 마케팅 능력도 향상되었습니다. 저는 광주고등학교를 다녔죠. 가정 형편 때문에 대학을 다니지 못했습니다. 4H 연합 회장을 하면서 농촌에 눌러앉았고 8천 원 월급을 받는 농협 직원이 되었습니다. 농협을 다니면서 농협이 변천하는 과정을 60년대부터 보았습니다. 그러다 보니 이런저런 경험이 쌓였습니다.

옥천농협이 쌀 브랜드를 고집했던 이유는 양용승 조합장이 그 동안 쌓아 온 경험에서 비롯되었다. 옥천농협은 쌀의 품질을 높일 수 있는 방법을 모색했다. 그 결과 1995년 국내에서 최초로 계약 재배를 했고 3킬로그램 소포장 완전미를 생산했다. 1996년 80킬로그램 쌀 한가마니 도매가 일반적으로 이루어졌을 때 3킬로그램 소포장 완전미를 대형 마트에 내놓았다. 보통 킬로그램당 1,900원이었는데 3킬로그램 소포장 완전미는 1만 3,500원이었다. 또한 80킬로그램 쌀 한가마니는 32만 원이었다. 보통미는 15만 원대였으므로 옥천농협의 쌀은 두 배가 비싼 기격이었다.

옥천농협은 1퍼센트 고객을 위한 마케팅을 했다. 고소득층을 겨냥해서 비싼 가격으로 쌀을 내놓았고 자연스럽게 형성된 소비자층은 더 이상 확산되지 않았다. 더욱이 옥천농협은 농협중앙회나 일부 시장에서 브랜드 쌀을 원한다 해도 우리 쌀끼리 경쟁을 해야 했기 때문에 공급하지 않았다. 오직 전속 거래 계약을 했던 대형 마트에만 쌀을 공급하여 브랜드 쌀의 희소가치를 살릴 수 있었다.

옥천농협은 2006년에 조합원들에게서 벼 40킬로그램당 5만 6천 원 가격으로 수매했다. 이는 4만 8천 원이었던 시장가격보다 17퍼센트나 높은 수준이었다. 따라서 벼농사를 짓는 2,400여 가구마다 각각 40만 원 이상의 추가 소득을 창출했고, 조합원 소득 증대 효과는 10억 원에 달했다. 브랜드 가치를 금리 5퍼센트 기준으로 환산하면 200억 원이다.

2006년 이후 옥천농협은 시설 현대화 사업에 참여하여 120여억 원을 투자하여 국내 최대 생산 능력(시간당 20M/T 생산 라인 구축)과 연매출 470억 원을 달성하여 농민 조합원의 소득 증대에 기여하고 있다.

조합원들이 뭉쳐야 잘 산다

옥천농협이 쌀 사업의 성공적인 모델로서 정착할 수 있도록 젊음을 바친 임직원 중에서 임창석 미곡종합처리장 지소장을 빼놓을 수 없다. 그는 '자랑스러운 전남인상' '한국 농업에 영향을 미친 100인'으로 선정된 바 있다. 그는 옥천농협에서 12년가량 유통을 담당했다.

임창석 지소장은 남상도 목사의 한마음공동체를 시작으로 12년간 앞만 보고 달려왔다. 한 업체와 계약을 성사시키기 위해 1년 8개월 동안 집요한 끈기와 열정을 보여 주기도 했다. 인맥 하나 없던 그는 조합원들이 정성 들여 생산한 상품을 판매하겠다는 일념으로 일을 했던 것이다.

처음 쌀 사업을 시작할 때 아무도 마케팅을 맡으려 하지 않았다. 당시 연소자였던 그가 마케팅을 맡았고 '라이스 브랜드 매니저'가 되었다. 또한 외부 인사들로 구성된 옥천 쌀 판매추진소위원회라는 자문위원회를 만들었다. 이 자문위원회는 판매 사업에 국한되지 않고 옥천 경제 전체를 고민하는 조직이 되었다.

당시 물류 사업은 걸음마 단계였고 쌀 브랜드를 일본 품종인 '히토메보레'라고 이름 붙였다. 그러다가 나중에 '한눈에반한쌀'로 이름을 바꿨다. 유통을 담당하는 바이어들의 의견과 요청을 받아들여 상품명을 변경하고 상표 등록을 했다. 그리고 쌀이 숨을 쉴 수 있도록 포장재를 새롭게 만들었다. 일본에서 창호지 구직포로 원단을 사 와 포장지에 숨 쉬는 부분을 만들었다. 최고급 품질과 최고가의 쌀, 최소 포장, 최초 의장등록 등의 기록을 남겼다. 상품 경쟁력 하나만으로 옥천농협의 '한눈에반한쌀'은 아직까지 살아남았다. 3천여 명의 조합원이 한데 뭉쳐서 해낼 수 있었던 것이다.

브랜드의 힘으로 일구어 낸 '러브미'

농림수산부는 소비자단체와 시민들을 대상으로 밥맛을 평가했다. 3년 연속 우수 브랜드로 선정될 경우 '러브미' 인증을 상품에 사용할 수 있었다. 소비자가 밥맛을 평가해 옥천농협의 '한눈에반한쌀'이 12대 최우수 브랜드로 선정되었다. 3년 연속 우수 브랜드로 선정된 곳은 옥천농협의 '한눈에반한쌀' 뿐이었다. 더욱이 2010년에는 8년 연속 우수 브랜드로 선정되었는데 이는 2000년 이후 '한눈에반한쌀'이라는 브랜드의 힘을 서서히 성장시켰기 때문이다.

아마도 임창석 지소장이 없었다면 브랜드의 힘을 키우기 어려웠을 거라고 양용승 조합장은 귀띔했다. 임 지소장은 밤낮을 가리지 않고 일에 매진하다가 2006년 봄에 쓰러진 적도 있다. 그러나 그는 마치 12년간의 숨 가빴던 일과에서 벗어나 긴 휴가를 다녀온 것처럼 표정이 밝았다. 그도 그렇지만 옥천농협의 임직원들

옥천농협의 양용승 조합장과 임창석 지소장.
옥천농협은 쌀 사업을 통해 농촌문제의 근본적인 대안과 희망을 제시했다.

이 몸을 챙길 수 없을 만큼 여러 방면에서 노력한 결과 쌀 사업은 성공을 거두었던 것이다.

옥천농협이 성공할 수 있는 요인을 두 가지 측면으로 볼 수 있다. 우선 농협이 기술 개발과 시설 투자에 에너지를 아끼지 않았고 쌀의 고급화를 이루었다는 점이다. 그리고 대형 마트와 전속 거래 계약을 하여 판로를 개척했고 고소득층을 겨냥한 1퍼센트 마케팅, 3킬로그램 소포장 완전미 판매, 도정 후 15일이 지나면 리콜제를 실시하는 등의 사업 전략을 세웠다는 점이다. 이처럼 옥천농협은 시장의 요구에 맞는 사업 전략을 세워 '고가 매입 – 사업 적자 – 투자 위축 – 판로 애로'라는 쌀 사업의 악순환에서 벗어났다.

또한 조합원의 참여와 협동이 없었다면 옥천농협의 쌀 사업은 성공할 수 없었다. 쌀 사업을 시작하고 시행착오를 수없이 거치면서 조합원들은 출하권과 선별권을 옥천농협에 위임했다. 이러한 출하 협정을 어긴 농가에 대해서 농협이 벌칙을 부과해도 당연하게 받아들였다. 상호 신뢰를 통한 조합원의 자발적 참여와 민주적인 합의가 없었다면 불가능했다. 그리고 옥천농협 임직원이 조합원 교육에 부단히 노력한 결과였다.

완전한 쌀, 신뢰받는 쌀을 생산해야 합니다. 그렇게 소비자의 욕구에 부응하는 쌀을 생산, 판매하여 얻어지는 이익은 모두 농민 조합원의 몫이어야 합니다. 몇 년이 지나지 않아 쌀이 무기가 되는 때가 오리라 믿어요. 그때를 준비하고 있습니다.

쌀은 대한민국 국민의 자존심이자 주식이라고 단호히 말하는 양용승 조합장. 그는 농촌에서 농업을 넘어 나라의 미래를 준비하는 인물 같았다. 날이 갈수록 쌀 소비량은 줄어들고 있으나 아예 밥을 먹지 않을 수 없다. 만약 농촌이 사라지고 쌀을 수입해야 한다면 우리는 막대한 대가를 치러야 할 것이다. 그러한 상황이 다만 악몽일 뿐이라고 하기에는 우리의 농촌은 너무나도 황폐화되고 있다. 그러한 상황에서 옥천농협의 특화된 쌀 사업은 농촌에서 희망을 찾을 수 있는 좋은 사례일 것이다.

옥천농협을 다녀온 뒤 농자천하지대본農者天下之大本이라는 옛말이 더 간절하게 내게 다가왔다. 농업이 살아야 나라가 산다는 진실을 우리는 잊지 말아야 한다.

협동조합 이념대로 농민을 위하는 농협
__충북 옥천농협

약속한 시간보다 일찍 도착한 덕분에 잠깐 옥천 읍내를 둘러볼 수 있었다. 오이, 가지, 고추 등과 같은 채소와 각종 모종들이 길거리에 전시되었다. 장이 서지 않았는데 할머니들은 길거리에 앉아 장사를 했다. 가난할지라도 정겨운 시골 냄새가 물씬 풍겼다.

옥천농협에 들어서니 농자재 판매장이 먼저 눈에 들어왔다. 온갖 종류의 농약을 보면서 섬뜩한 기분이 들었다. 저 농약들이 우리의 농촌을 얼마나 병들게 했는가.

신용사업부에 들어가니 농협은 완전히 금융기관이었다. 은행처럼 직원 수십 명이 손님들을 맞이하고 있었다. 언제부터 농협이 은행이 되었는가. 그러나 옥천농협은 경제사업 비중이 70퍼센트, 신용사업 비중이 30퍼센트란다.

이리저리 농협을 구경하는데 허름한 옷차림을 한 사람이 나오더니 인사를 했다. 그가 옥천농협 이희순 조합장이었다.

종합 음료 회사가 된 농협

옥천농협은 한 개의 읍과 두 개의 면을 관할한다. 요즘은 농협이 군내에서 각자 법인을 설립해 독립적이다. 그러나 군내의 농협들의 매출을 다 합한다 해도 옥천농협의 상당한 매출 규모를 넘어설 수 없었다.

조합원들 수입 중 70퍼센트 이상을 지역에서 나오는 포도가 낸다. 옥천농협은 중앙정부와 농협중앙회의 지원을 받아 가공 공장을 만들었고 총 매출액이 2006년에는 83억 원에 다다랐다. 포도를 일반 시장에 유통하면 소득을 올리기 쉽지 않다. 농가의 소득을 보전하는 차원에서 가공 공장을 지었다. 모든 포도를 가공 공장으로 보내는 것은 아니었다. 포도 중에서 상품 가치가 있는 것은 시장에 내놓았고 그렇지 못한 것들은 농협이 수매를 해서 포도 원액을 만들었다.

포도뿐만이 아니다. 지역에서 산딸기는 중요한 작목이어서 산딸기를 수매하여 주스 원료로 사용한다. 또한 지역에서 재배하지 않는 제주 감귤, 홍삼, 매실, 알로에 등은 생산지 농협에서 수매하여 재가공한다.

애초에 옥천농협은 지역의 농산물을 반가공해서 대기업에 원료를 납품하려고 했다. 그런데 90년대에 실시했던 쿼터제가 폐지되면서 대기업은 국내산 원료를 사용하지 않았다. 다시 말해 국내산을 몇 퍼센트 사용하도록 정했던 쿼터제가 자율화되면서 대기업은 지역의 값비싼 포도 원액을 사용하지 않았다. 그래서 옥천농협은 잼이나 독특한 포도 원액을 생산한 것이다.

현재까지 국내산 농산물을 가공한 상품이 50여 가지에 이른다. 특히 포도씨에서 추출한 OPC 원액을 포도 원액에 첨가해서 새로운 맛을 창출했다. 많은 상품 중에서 포도 원액이 주력 상품이기 때문이다. 옥천농협은 소비자들의 성향을 파악하기 위해 가공 공장 내에 연구 팀을 개설했다. 그래서 고유한 기술을 보유한 상태에서 제품 개발을 한다. 옥천농협이 종합 음료 회사가 된 셈이다.

옥천농협의 의지

1994년 가공 공장을 짓는 데 100억 원을 투자하기로 결정했다. 그러나 한 번에 투자를 하지 않았다. 깡통, 파우치, 병 등을 생산하는 자동화 시설을 하나씩 지었다. 경북 흥해에 위치한 코카콜라 공장은 1분에 1천 개 이상이 나오는데 옥천농협의 가공 공장은 1분에 500개가 나온다. 하지만 생산량이 문제가 아니라 판매하는 데 한계에 부딪혔다.

정부가 지원을 약속해서 가공 공장을 짓기로 했으나 실제로 나온 지원금은 12억 원이었다. 농협중앙회는 2억 원을 지원했다. 나머지 86억 원은 자체 부담을 해야 했다. 농협은 적자가 나더라도 농민을 위한 사업을 진행해야 한다. 다행히 옥천농협의 가공 공장은 흑자를 냈다. 그러나 옥천농협은 수익이 많더라도 적정한 수준을 유지하며 사업을 지속할 것이다. 농민의 농산물을 제값에 수매하겠다는 의지 때문이다.

또한 옥천농협은 장례식장과 예식장을 직영으로 운영해서 농민들의 부담을 줄였다. 옥천 읍내에 장례식장이 한 곳밖에 없어서 가격이 매우 높았는데 옥천농협에서 장례식장을 운영하면서 기존에 비해 3분의 1로 비용이 낮아졌다. 농민들은 1천만 원 이상 비용을 부담해야 했으나 농협 덕분에 장례비를 줄이는 효과를 거두었다.

또한 옥천농협은 조합원에 대한 출산 장려금 지급, 무료 한방 진료, 경로당 난방비 지원, 농업인 안전 공제 무료 가입, 각종 영농 자재 구입 보조 지원 등 조합원의 복지 증진을 위하여 최선을 다하고 있다. 그리고 옥천농협은 APC(농산물 산지 유통) 센터를 준공하여 관내 농산물을 수집, 공동 선별하여 '향수 30리'란 브랜드로 농협에 유통하는 등 전국 대형 매장으로 출하를 하여 농가 소득 증대에 기여하고 있다.

국내산 가공 상품의 마케팅

옥천농협의 가공 공장은 오직 국내산 농산물로만 상품을 생산한다. 다른 제과 회사나 가공 회사는 수입산 원료를 주로 사용하는 것과 다르다. 아마도 국내산 농산물로만 포도 원액을 만드는 공장은 옥천농협밖에 없을 것이다. 그리고 생산 라인이 부족한 대기업 몇 군데로부터 임가공을 맡았다. 이를테면 남양유업의 '17차茶', '프렌치카페', 동아오츠카의 '데자와', '블랙빈테라티' 등을 옥천농협에서 생산했다.

하지만 국내산 농산물 가격이 높아지면서 옥천농협이 생산하는 가공식품의 가격 경쟁력이 약화되었다. 옥천농협의 가공 상품은 수입산 가공 상품보다 평균 1.3배에서 1.5배 정도 가격이 비쌀 수밖에 없다. 이러한 국내산 가공 상품의 이윤이 낮아 전국의 소매점은 판매를 기피했다. 그 때문에 옥천농협은 '하나로마트' 같은 농협 계통 조직에 상품을 대부분 납품하고 대형 마트에는 소량으로 납품했다. 더욱이 하나로마트에 상품을 납품했다 해도 저절로 상품이 팔리지는 않았다. 그래서 이희순 조합장은 상품을 판촉하기 위해 전국 하나로마트를 직접 돌아다녔다.

물론 가공 공장 영업부가 있었고 옥천농협이 전국에 판매를 위탁한 곳만 35군데였다. 이 조합장은 관계자들을 모두 동원해서 상품 판매를 독려했다. 광고를 할 수 있는 여력이 없지만 옥천농협의 상품을 먹어 본 소비자는 다시 상품을 찾았다. 대부분 소비자들의 입소문으로 상품을 파는 실정이었다. 미국에 수출을 했고 매출액 2억 원 정도를 목표로 삼았다. 주로 한인 교포들을 중심으로 마케팅을 했는데 점차 현지인들을 대상으로 판매망을 넓혀 갔다. 또한 옥천농협은 자체적으로 인터넷 판매를 한다. 인터넷 판매 비율은 전체 매출의 약 3퍼센트 정도로 낮지만 홍보가 더 되면 소비자가 늘어날 것이다.

다른 기업에서 인기가 높은 상품이 나오면 우리도 비슷한 것을 만들어야 합니다. 그러지 않으면 전국 영업소 소장들이 야단을 치죠. 주력 상품이 포도 원액이지만 유사한 다른 상품들을 만들지 않을 수 없습니다. '비타폴리스'의 경우도 광동제약이 만드니 우리가 만들지 않을 수 없었습니다. 제품 하나를 개발하려면 5천만 원을 투

옥천농협은 농가의 소득을 보전하기 위해 가공 공장을 지었다.
포도를 일반 시장에 유통하면 소득을 올리기 쉽지 않다.
그래서 잼이나 독특한 포도 원액을 생산한다.

자해야 합니다. 그래서 개발된 상품이 50여 가지로 늘어나게 된 겁니다.

개발된 상품 중에서 인기가 없는 상품이 있으면 생산을 중단한다. 음료수의 인기 주기는 길어야 3년이었다. 그런 만큼 개발 비용을 감수하지 않을 수 없다. 옥천농협은 여러 품목을 가지고 약 100억 원의 매출액을 달성했다. 포도 원액은 20억 원가량 판매하고 있다.

하지만 갈수록 전망이 어둡다. FTA가 체결된 이후 오렌지 등을 1차 가공한 상품에 대한 관세를 철폐하면 가격이 더 내려가니 옥천농협의 가공 공장이 어떻게 버텨 낼 수 있을지 걱정이었다. 전기 요금, 기름값은 계속 올라가는데 음료수 값은 계속 그대로였다. 더욱이 캔 하나의 가격이 몇 년째 제자리였다. 걱정을 늘어놓던 이 조합장은 긴 한숨을 내쉬었다.

음료를 가공생산하는 농협은 경북 능금농협, 밀양농협, 태백농협 등 전국에 7군데가 있는데 사정은 마찬가지였다. 특히 태백농협은 한약재를 섞어 음료를 생산하는데 서로 경쟁이 되어 협력할 상황이 아니었다. 이처럼 지역의 농협에서 가공 공장을 운영하기에는 한계가 있기 때문에 정부가 사업을 맡아야 한다. 농협은 상품을 홍보할 광고비가 없어서 직접 몸으로 뛰어야 하므로 정부에서 대책을 세워야 한다. 가공 공장에 지원금을 주는 게 아닌 유통 시스템을 구축하기 위해서 정부가 나서야 한다. 그래야만 가공 상품을 수출할 수 있다.

농협이 농산물을 수매할 때 정부가 보조해 주는 것도 하나의 대안이다. 수매 가격의 일정 정도를 정부가 보조하면 가공 상품의 가격 경쟁력이 높아진다. 그렇게 되면 국내 시장뿐만 아니라 해외 시장으로 진출하기도 쉬워진다. 또한 정부가 지속적으로 가공 상품에 대한 홍보를 해 준다면 상품 판매에 큰 도움이 된다.

다시 농업의 밑그림을 그려라

농업을 살리기 위해 수입산 농산물에 대한 대책을 세워야 한다. 이제는 농업 자체 구조를 조정하면서 근본적으로 뜯어고쳐야 한다. 정부가 수십조 원을 농업에 지원했지만 농업을 살리는 데 효과가 없었다. 농업정책을 전면적으로 바꿔야 하는데 땜질을 하듯 전업농이니 기계화니 정책을 내놓는다.

각 지역에서 특화된 사업을 할 수 있도록 집중적인 지원을 해야 한다. 예를 들어 포도 하우스가 소득이 높다고 하면 전국에 계속 늘어나는데 그것은 다 같이 망하는 것이다. 정부가 벨트를 묶어서 지역마다 사업의 특성을 살릴 수 있도록 적극 지원해야 한다. 농협은 협동조합 이념대로 농민을 위해 최선을 다해 지원해야 한다. 금융 사업보다는 경제사업에 비중을 더 두어야 한다. 우선 영농 자재의 가격을 낮추어 공급하고 농사 기술 지도를 하고 농산물 판매를 해야 한다. 농업의 밑그림을 다시 그리지 않는다면 농촌에 희망은 없다.

농업은 모든 산업의 근간이 되는 기본이며 식량은 국가적 안보와 직결되는 중요한 역할을 한다. 산업화에 밀려 농업이 천대받

고 쌀의 귀중함을 잊은 지 오래다. 농촌 인구의 감소와 고령화에
의해 더욱 농촌과 농업 문제는 심각한 수준이다. 이에 정부와 농
협은 이러한 심각한 문제를 소홀히해서는 절대 안 된다는 것을
명심해야 한다.

　이제 정부와 농협은 시대의 흐름에 맞게 양보다 질을 생각하고
가격 경쟁력 제고로 농가 수취 가격 증대에 노력하여 꺼져 가는
농업의 부활에 앞장서야 한다. 그러기 위해서는 신기술, 신지식
보급과 개발로 유기 농산물 생산은 물론 유통의 활성화로 보다
잘사는 농촌을 만들어 농업의 근본을 되살리는 데 노력을 다해야
할 것이다.

돼지고기 산업을 이끄는 사람들

__ 도드람양돈협동조합

이천에서 수원으로 이어진 42번 국도변에 바위산이 있다. 바로 이천시 마장면의 도드람산이다. 경기도 이천에 위치한 도드람양돈협동조합도 그 산의 이름에서 가져왔다. 도드람양돈협동조합의 살아 있는 역사라고 할 수 있는 진길부 전 조합장을 만났다. 초창기 조합이 만들어질 때부터 10여 년이 넘도록 조합장을 맡았던 입지전적인 인물이다. 주변에서 그를 상록수라고 한다. 농촌 사람들이 도시에 가서 출세를 하려고 발버둥치는 세상인데 반대로 그는 대학을 졸업하고 농촌으로 갔다. 진길부 전 조합장에게 양돈과 협동조합 운동에 관한 생생한 이야기를 들을 수 있었다.

도드람산 멧돼지가 울다

전설에 따르면 한 청년이 지극한 효성으로 아무리 간호해도 어머니의 병이 낫지 않았다고 합니다. 그런데 청년의 효심이 하늘에 전해졌는지 고승이 그의 꿈에 나타나 저 산 정상 절벽 바위틈에 자라는 석이버섯을 따서 푹 고아 드리면 병이 나을 것이라고 일러 주었지요. 그래서 청년은 전체가 암석이었던 산에 올라가 절벽에 있는 석이버섯을 채취하려고 마른 나무 뿌리를 이어서 길게 엮어 자신의 허리춤에 매달고 버섯을 따기 시작했습니다. 그런데 갑자기 어디선가 멧돼지 울음소리가 들려왔습니다. 난데없는 돼지 울음소리에 깜짝 놀라 절벽 위를 올려다보니 자신의 몸을 지탱하고 있는 줄이 아슬아슬 바위에 쓸려 끊어지려 했습니다. 청년은 멧돼지 울음소리 덕분에 간신히 절벽을 붙들고 올리와 목숨을 구한 셈이죠. 청년은 힘들게 채취한 버섯을 어머니에게 고아 드리니 병이 나았습니다. 그때부터 돈(돼지)울음산이라 불리다가 시간이 지나면서 도두름, 도드람으로 음운이 변화해 지금은 도드람산이 되었다고 합니다.

제주도가 고향인 그는 오현고등학교를 졸업하고 서울대학교 농과대학에 입학했다. 부모님이 제주도에서 농사를 지었지만 형편이 어려웠다. 그래서 제대로 농업을 배우기로 결심한 것이다. 그러나 기대했던 것보다 학과목이 만족스럽지 않아 대학 2학년 때 방황을 했고 동숭동에 있는 문리대에서 도강을 했다. 당시 박종홍 교수의 강의를 들었는데, 답답한 상황에 빠져 있던 그에게 힘을 북돋아 주었다. 그가 말했던 도드람산의 전설처럼 그의 허리춤에 매달린 끈을 다시 부여잡을 수 있던 계기였던 것이다. 그에게 돼지 울음소리는 희망의 소리일지도 모른다. 그는 법관이나 공무원보다는 농업으로 돌아가는 게 옳다고 판단하여 다시 농업 수업에 열중했다.

1976년, 경기도 이천에 터전을 잡았다. 이천에서 영농 정착을 하게 된 까닭은 대학 시절 농촌에 들어가 농민들과 함께 농업 생산 활동을 하자는 이념 조직 '농사단'이라는 동아리 활동에서 비롯되었다. 영농 정착을 할 수 있는 여건이나 기회가 마련되면 즉시 농촌으로 들어가는 것을 원칙으로 삼아 왔던 것이다. 선배 명의로 있는 토지를 임대하여 송아지 아홉 마리를 매입하고 초지^{草地}를 조성해 비육우 사업을 했고 젖소 도입우를 여섯 마리 배정받아 우유 생산도 했다. 그러나 타산이 맞지 않아 결국 양돈으로 전향했다.

돈육 브랜드 '도드람포크'

지금의 도드람은 1990년 양돈 농가들이 이천양돈조합을 설립함으로써 시작되었다. 이듬해에 (주)도드람을 설립했고, 1996년에 축산업협동조합 승인을 받아 축협에 가입했으며, 2000년에 농협중앙회에 회원 가입하면서 도드람양돈협동조합으로 다시 태어났다. 2003년 전라남북도 양돈조합을 통합하여 전국 단위 품목 전문 협동조합의 기틀을 마련했고, 2004년 (주)도드람 LPC를 인수하여 계열화 체계를 완성하였다.

도드람양돈협동조합은 '도드람포크', '마늘먹은돼지', 무항생 브랜드 '자항돈' 등의 돈육 브랜드를 생산하고 판매한다. 또한 돼

도드람양돈협동조합의 살아 있는 역사라고 할 수 있는 진길부 전 조합장.

"이제 농업의 시작은 농장이 아니고 시장에서부터
소비자의 요구에 맞는 농축산물이 어떤 것인가를 정확히 알아내는 것입니다.
그런 후에 상품을 생산하기 위한 농장 단계로 들어가야 합니다."

지고기 산업과 관련된 사료, 인공 정액, 돼지 사육, 도축, 가공 식육 판매, 기술 지원, 금융 지원 등을 일괄 처리하는 계열화된 업체이다. 우리나라 전체 사육 마릿수의 14퍼센트를 조합원이 사육하는데 한 해 약 30만 마리를 출하한다. 그중 약 20만 마리는 도드람포크라는 브랜드로 직판장이나 마트 등에서 판매된다.

냉장육이 출시되었던 90년대 초반 돈육 브랜드 1세대로 도드람포크가 탄생했다. 도드람포크는 소비자 시민 모임이 주최하는 '우수 축산 브랜드'로 3년 연속 선정되었고 2001년에는 태릉선수촌에 공급을 했다. 전국 브랜드 경진 대회에서 2004년 최우수상, 2007년 우수상을 수상했고 ISO 9001 인증과 KS 마크도 획득했다. 도드람포크 품질의 우수성은 통관이 까다롭다는 일본 시장 진출과 일본 후생성 검역 면제 업체 지정으로 증명했다. 이러한 도드람포크는 전국 200여 매장에서 판매된다.

도드람 돼지는 전국 700여 곳에 이르는 조합 농가에서 키운다. 농가들은 모두 다르지만 키우는 돼지는 LYD 삼원 교잡종으로 동일하다. 그래서 도드람 돼지는 육질과 맛이 우수하여 대중들이 가장 선호하는 종이라 할 수 있다. 국내 최초로 농장 HACCP 인증을 도입해 지원하고 있으며 돼지에게 먹이는 사료를 한 해에 약 30만 톤을 조합에서 생산하여 조합원에게 공급한다. 도드람 사료는 돼지가 180일령 동안, 110킬로그램에 도달하도록 규격화하는 등 조합에서 생산 프로그램을 운영한다.

조합이 직접 사료를 생산하고 품질관리를 하므로 조합원들은 사료비를 절감하고 고품질의 돼지를 생산할 수 있었다. 또한 농가들의 의욕을 북돋고 책임감과 자신감을 더해 주기 위해 조합은

1998년 국내 최초로 농가 실명제를 실시했다.

진길부 전 조합장은, 농가들이 돼지를 잘 키울 수 있는 배경에는 양돈을 연구하고 방법을 제시하는 도드람양돈연구소가 있기 때문이라고 했다. 연구소의 고급 연구 인력들은 가장 맛있는 돼지고기가 생산될 수 있도록 사양 관리 기술을 개발하여 양돈 농가에 보급한다. 그래서 오늘날의 도드람포크라는 생산 농가들이 만든 농협 브랜드가 존재할 수 있는 것이다. 이러한 축산물 브랜드는 생산 단계가 중요하지만 소비자들에게 전달되기까지의 과정도 무시할 수 없다.

그래서 도드람협동조합은 도축과 가공 단계에서 핵심 기술을 발전시켰다. 도드람 LPC에서 돼지를 도축하는데 이곳은 도축장과 가공장이 결합된 축산물 종합 처리장으로 외부와 차단된 위생적인 시설이다. 이곳에서 돼지는 하루에 2천 마리, 소는 200마리가 처리된다. 조합은 도축장에서 매장까지 신선한 돈육의 온도를 유지하는 콜드 체인 시스템을 운영하여 신선하고 깨끗한 돼지고기를 생산한다.

특히 양돈을 하는 농가마다 최대 고민거리는 돈 분뇨인데 도드람 농가는 축산기술연구소와 공동으로 연구 개발한 친환경 분뇨 처리 시스템을 갖추고 있다. 이 시스템을 SCB(Slurry Composting Bio-Filtration : 퇴비단 여과법) 공정이라 한다. SCB 공정으로 냄새와 독성 없이 돈 분뇨를 처리하고 수질오염의 주 원인이 되는 질소와 인을 효과적으로 제거해 분뇨가 자원으로 다시 태어나도록 한다. 처리 후 얻은 액비液肥를 고급 비료로 만들어 친환경 농산물을 키우는 데 쓴다. 이를 통해 산성화된 농지를 환원시켜 벼농사에 효과를 준다.

도드람포크의 로그가 엄지였던 것은 위생과 품질에서 최고를 지향하는 의지를 담았던 것이다. 이렇게 양돈 전문가들이 자발적으로 조직한 도드람은 조합이라는 형태를 활용하여 돼지고기 산업에 혁명을 일으켰다.

시장에서 농장으로 'From shop to farm'

농업의 규모는 작고 자본력이 열악한 게 문제이다. 1차 생산을 한다 해도 마땅한 브랜드가 없으므로 제대로 된 포장을 하고 소비자에게 공급하는 게 쉽지 않다. 대부분 유통 과정에서 중간상인에게 이익이 돌아간다. 그렇기 때문에 농민을 전문 조직화한 협동조합으로 농업이 가지 않으면 길이 없다. 주식회사의 길을 택할 수 있으나 농민이 주체가 아니어서 농민의 권익을 지킬 수 없다. 그는 협동조합이 농업과 농민의 문제를 풀어내는 가장 확실한 길이라고 장담했다. 그러한 믿음이 있었기 때문에 그는 30여 년 가까이 협동조합에 열정을 쏟을 수 있었다.

그는 한국의 협동조합에는 문제가 많다고 지적했다. 신용사업을 하면서 조합들이 돈놀이에 열을 올리고 있다는 것이다. 그러한 문제를 견제하려면 경제사업 중심의 품목별 전문 조합으로 방향을 잡아야 한다. 그는 농협중앙회의 회원 조직 중에 서울우유협동조합과 도드람양돈협동조합 등이 경제사업 중심의 품목별 협동조합이라고 설명했다. 이러한 협동조합이 너무 극소수에 불과하다며 아쉬워했다.

협동조합의 경제사업을 활성화하려면 공동 생산은 기본으로 해야
하고 공동 판매 사업을 규모화, 전문화하고 브랜드를 통합해야 합
니다. 소비자가 인지하고 소비자가 믿고 살 수 있도록 브랜드를 개
발해야 합니다. 예를 들자면 '농협 브랜드' 하나로 대통합한 다음
에 브랜드의 품질관리와 물량 관리를 할 수 있는 판매 본부(컨트롤
타워)도 있어야 하죠. 그래서 이제 농업의 시작은 농장이 아니고 시
장에서부터 소비자의 요구에 맞는 농축산물이 어떤 것인가를 정확
히 알아내는 것입니다. 그런 후에 상품을 생산하기 위한 농장 단계
로 들어가야 합니다. 이제 'From Shop to farm' 이라는 말처럼 시
장에서 시작하여 농장으로 가야 합니다.

그는 또 하나의 핵심으로 농민이 협동조합의 주인이라는 점을
들었다. 그러므로 협동조합의 임직원들이 협동조합의 지속 경영
이 가능하도록 전문성을 발휘해 주인 대신 농축산물을 시장에 잘
판매할 수 있어야 한다. 이유는 주인이 임직원들을 고용했기 때
문이다. 그는 농민을, 자연을 관리하면서 식물과 동물을 키워 내
는 어머니 같은 존재라고 비유했다. 그래서 조합장을 비롯한 임
직원들은 농민 위에 군림해서도 안 되고 실적을 내지 못해서도
안 된다.
그는 1996년 도드람양돈협동조합의 초대 조합장이 되기 이전
부터 협동을 고민했다. 우리의 농업은 생산 중심의 자급자족 농
업에서 판매 중심의 농업으로 변화하고 발전했다. 이러한 단계를

258

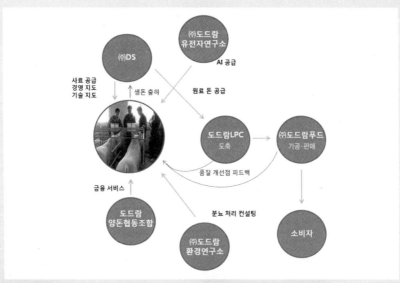

양돈 전문가들이 자발적으로 조직한 도드람은
조합이라는 형태를 활용하여 돼지고기 산업에 혁명을 일으켰다.

거치면서 농업이 보다 성장하려면 규모의 경쟁력과 시장 교섭력이라는 강력한 힘이 있어야 했다. 바로 협동의 힘이 필요했던 것이다. 그래서 그는 조합장으로서 공동 구매 사업을 통해 거대 자본의 기업과 구매 교섭력을 키웠고 공동 판매 사업을 통해 중간 상인을 배제하고 직접 소비자에게 브랜드로 돼지고기를 팔 수 있었다. 이 두 가지 사업 외에 정보전달 사업과 전산 기록 사업으로 생산성을 향상시킴으로써 튼실한 재무구조를 갖추었다.

농촌이 키운 나라, 이제는 갚을 때

1960년대 초에는 농업 종사자는 전체 인구 70~80퍼센트를 차지했습니다. 당시 세대들은 전통적인 선비 사상이나 사농공상士農工商 관념에 젖어 있었죠. 그래서 농업 소득의 대부분을 자녀들의 등록금으로 지출해야 했고 농토를 팔거나 가축을 팔았습니다. 쉽게 말하자면 부모들은 경영 규모를 줄여야 했죠. 그런데 자식들은 공부를 마치고 다시 농촌으로 돌아오거나 줄어든 경영 규모를 회복시켜 주지 않았습니다. 이러한 점에서 국가 재정으로 농촌을 돕는 것은 당연합니다. 결국 농민들이 자식들을 키워 이 나라를 키운 것이라 할 수 있습니다.

농업의 전문성을 키우기 위해 국가는 지원을 아끼지 말아야 한다. 전문성을 키우려면 전문 인력을 더 많이 배출해야 한다. 우리의 농업보다 더 선진화된 국가의 기술을 배울 필요성이 있다.

1980년대에 양돈을 하겠다고 결심했던 진길부 전 조합장은 덴마크 협동조합 체계와 기술을 배워 농민들에게 전했다. 우리의 젊은 세대들은 농촌을 떠나지만 덴마크의 젊은 세대는 농촌에 남아서 가업을 이었다. 그가 만난 덴마크인은 3대에 거쳐 양돈을 했다. 그래서 긴 세월이 흐른 만큼 시설, 기술 등이 축적되어 있었다.

그는 덴마크에서 우리나라 양돈 시스템과 큰 차이가 있다는 것을 발견했다. 농업의 전문성은 물론 경영이나 가격 예측에서도 앞섰다. 이를테면 옥수수는 장기적으로 가격이 올라갈 수밖에 없다면 빨리 사는 게 좋다. 그런데 이런 예측이 우리의 농업에는 없다. 농업은 산업이므로 더욱 전문성을 갖추어야 한다.

마찬가지로 돼지고기 산업도 어떻게 전문성을 높여야 하는지 그는 덴마크에서 배울 수 있다고 했다. 덴마크는 100여 명의 양돈 전문가들이 한 장소에서 수십 년간 약 250억 원의 연간 비용을 들여 연구에 집중한다. 돼지고기 산업의 문제를 해결하고 시장을 확대하려는 목적 때문이었다.

반면 우리나라는 돼지고기 연구와 시장 확장 연구가 거의 이루어지지 않는다. 아직 국내외 소비자를 만나는 시점까지도 닿지 못하고 그저 원료 생산 중심의 축산 단계에 머물러 있는 실정이다. 농림식품부의 축산국, 농촌진흥청의 축산과학원 그리고 농민 조직 중에 양돈협회 한우협회 등이 수십 년간 시대 변화를 수용하지 못하고 그저 원료 생산 단계 이름을 쓰고 있다. 진길부 전 조합장은 이제 양돈 산업을 돈육 산업으로 이름도 바꾸고 내용도 바꾸고 정책도 바꾸어야 한다고 말한다.

농촌이 대안이다

미래 예측 능력은 점을 치는 것과는 전혀 다르다. 구제역과 같은 대재앙에 대한 전문가들의 예측 요소들과 다양한 정보들을 모아 지속적으로 예측 토론을 해야 한다. 그래서 최악의 경우를 대비하는 게 무엇보다 중요하다. 2010년에 터진 구제역 사태는 한 해에 세 번씩이나 발생했다. 그리고 인접국인 중국과 일본, 러시아 및 동남아시아 등지에서 구제역이 대유행을 하고 있었는데 대비와 준비 자세가 너무 미흡했고 국내를 방문한 수천만 명의 관광객과 해외를 방문한 내국인을 완벽하게 통제하지 못했다.

진길부 전 조합장은 소수 인원과 관료 중심으로만 예측 토론을 해서는 안 된다며 반드시 현장 중심에서 농민들이 참여해야 한다고 강조했다. 소와 돼지 300만 마리 이상을 살처분했다. 국가 예산을 수조 원을 썼고, 매몰 현장의 심각한 환경오염을 걱정하는 시점에서 정부와 매체는 요란스럽게 떠들기만 할 뿐 차분하게 원인과 대책에 대한 깊이 있는 접근을 하지 못했다. 이러한 현실이 그에게는 부끄럽고 안타깝기만 했다. 그의 얼굴에 근심과 걱정이 가득해 보였다. 한동안 말을 잊지 못했던 그는 화제를 바꿔 농촌이 우리 사회에 만연한 문제점들을 해결할 수 있는 대안이라고 전했다.

사람은 동식물과 더불어 살아야 합니다. 자연 속에서 생활하는 게 삶의 최선이죠. 농촌은 방문만 열어도 자연을 만날 수 있습니다. 더욱이 농촌에서 여유 있게 사는 부모들의 모습은 아이들에게 홀

룡한 교육이 됩니다. 과일이나 채소에 도드람 돼지고기를 곁들여 밥을 먹일 수 있다면 얼마나 좋겠습니까. 상상해 보세요. 우리의 인생이 지어지선止於至善, 즉 지극한 선에서 그칠 수 있으면 얼마나 좋겠습니까.

자연 속에서 아이들이 자란다면 미래는 분명히 달라질 것이다. 도시의 주거 공간 속에서 개나 고양이를 키우고 화분도 키운다. 그러나 농촌에 비할 바가 아니다. 귀농, 귀향이라는 말이 있다. 국내에는 고향으로 돌아갈 준비를 도와주는 귀향 학교가 있다. 고향을 떠난 이들은 산천, 냇가, 동산, 돌멩이 하나하나를 그리워한다. 그래서 진길부 전 조합장은 사람은 고향으로 돌아갈 수밖에 없다며 귀향 학교에서 농촌으로 정착할 준비를 할 수 있다고 전했다.

또한 그는 인생의 전반기를 성공으로 살아온 사람들에게 농촌에서 후반기를 성공적으로 사는 방법을 알려 주었다. 실제 성공했던 좋은 사례가 있다. 지금으로부터 30년 전에 60세 된 한 노인이 우이동 주택을 팔고 목축을 시작했다. 그리고 그 노인은 90세까지 농촌에서 잘 살았다고 했다. 성공적으로 농촌에 정착한 것이었다.

그는 농촌 회사들이 노인들을 고용할 수 있고 도시민이 농촌에 정착할 수 있는 방법을 고민했다. 그의 설명에 따르면 농촌에 일자리가 없어서 도시민이 오지 못하는 게 아니었다. 농촌에 규모가 있는 농장들이 있고 축산, 과수, 원예 등이 있다. 자동화가 되어 업무를 컴퓨터로 하는 등 기술적인 일들을 할 수 있다. 일정한 사전 교육만 있으면 업무를 볼 수 있고 위탁 사육이나 계약 재배를 할 수도 있다. 또한 도시민들이 농촌에 와서 농업에 투자를 해야 한다. 여러 사람이 함께 투자하면 더욱 안전한 투자가 가능하다. 농토를 매입하고 농토를 활용한 사업을 할 수 있다.

농촌에 정착하는 것 다음으로 중요한 것은 자급자족 농업이다. 40~50년 전 우리의 농촌은 자급자족 농업이었다. 한 가구당 100평이나 50평의 농토에서 나온 생산량은 온 가족이 먹을 수 있을 만큼 충분하다. 최소한의 비용으로 도시보다 풍요롭고 즐겁게 자급자족 생활을 할 수 있다. 농촌의 인력들은 거의 고령화가 되어 기계화를 할 수 없는 한계 농지를 50~100명 단위로 농토를 도시민에게 분양해서 집단 주말농장으로 활용한다.

또한 저렴한 임대주택 사업의 개발은 여주나 이천이 시市를 유지하기 위해 필요한 인구를 지켜 준다. 나흘 도시 생활, 사흘은 농촌 생활을 하도록 하는 것이다. 많은 지자체에서 전원주택을 지원한다. 인구가 줄어드는 시, 군이 많기 때문이다. 토지 가격이 매우 낮아서 뜻이 맞는 사람들이 모여 생활의 불편을 해소하고 의사를 채용하여 의료 수준을 높이는 등의 방법으로 협동조합을 구성하고 운영할 수 있다. 특히 전문성을 가진 노인들이 상호 전문성을 발휘하면 하나의 공동체가 자급자족 농업을 할 수 있다. 그러므로 주말농장이나 임대주택 등을 활용한 공동 생산, 공동 판매, 공동 소비의 협동조합 설립이 절실하다.

인생의 대부분을 협동조합 운동에 바쳤던 진길부 전 조합장은 농촌 예찬론자였다. 그의 말처럼 우리 사회를 병들게 하는 문제의 대안을 농촌에서 찾는다면 고령화, 고용 불안, 교육, 사회 양극화 등의 심각한 문제를 해결할 수 있을 것이다. 해마다 구제역과 조류인플루엔자가 발발해 농민들의 마음을 파헤치다 못해 삶의 근간을 어지럽게 뒤흔들었다. 그렇지만 농촌에는 여전히 희망이라는 꽃이 만발한다. 농촌을 향한 우리의 마음이 어떠했는가를 되돌아봐야 할 때이다.

희망 찾기에 도움 주신 분들

1부 향토 자산이 마을을 살린다

● 소금 굽는 사람들
정낙추(농민, 시인, 태안문화원 이사, 태안자염 운영위원장)
041-672-3001, http://saltpeople.com

● 영덕 자연산 돌미역 해심
강영길(위원장), 임한규(관리부장)
054-732-1578

● 농업회사법인 감이랑
홍상선(대표)
054-373-2558, ss3544@naver.com

● 순창장류연구소
이지영(연구사), 임창호(관리 담당 공무원)
063-650-1823, www.kochujang.go.kr

● 창녕 양파바이오특화사업단
차용준(창원대 자연과학대학 교수)
055-287-7924, www.cnonion.com

2부 가공에서 대안을 찾다

● 꽃빛향영농법인
서윤석(꽃빛향 관리인)
033-441-1903, sohpear@naver.com

- 평촌목장
  신관호(대표), 신강수, 신준수
  041-633-3433, sks7455@hanmail.net

- 영농조합법인 세왕
  이규행(대표), 송향주(이사)
  043-536-3567, http://icnj.co.kr

- 청매실농원
  홍쌍리(대표), 정유인(부사장)
  061-772-4066, www.maesil.co.kr

- 장생도라지
  이영춘(대표), 김대열(부장)
  055-771-1000, www.doraji.co.kr

3부 윤리적 소비가 세상을 바꾼다

- 화성한과
  강석찬(대표), 송희자(실장)
  031-352-5422, www.화성한과.kr

- 무공이네
  오종석(대표)
  02-441-8266, www.mugonghae.com

- 해농수산
  최광우(대표)
  031-746-0161, kkwwabc@nate.com

- 팔당올가닉푸드
  김병수(대표)
  031-576-1771, www.dalbab.co.kr

- icoop생협
  이정주(이사장), 오항식(사무처장), 김대훈(대외협력팀장)
  02-2181-7900, www.icoop.or.kr

4부 협농조합이 희망이다

- 풀무신협, 풀무생협
  전규채(풀무신협 전 전무), 정형영(전무), 김도연(홍보 담당), 김성옥
  041-633-6221~3, lds06@hanmail.net, pulmu11@hanmail.net

- 고삼농협
  조현성(조합장)
  031-672-7770, www.gosam.co.kr

- 해남 옥천농협
  양용승(조합장), 임창석(옥천농협 미곡종합처리장 지소장)
  061-532-5638, yongsung3344@yahoo.co.kr

- 충북 옥천농협
  이희순(조합장)
  043-730-6000, l550110@chol.com

- 도드람양돈협동조합
  진길부(전 조합장)
  031-632-7270, www.dodram.com

우편엽서

우편요금
받는 사람 후납 부담
발송 유효 기간
2009.10.5~2011.10.4
마포 우체국 승인
제40055호

보내는 사람

이름

주소

☐ ☐ ☐ ☐ — ☐ ☐ ☐

받는 사람

검둥소

서울시 마포구 서교동 449-6호 신사인빌딩 4층
(주)우리교육 검둥소 담당자 앞
전화 (02)3142-6770 팩스 (02)3142-8108
이메일 geomdungso@naver.com

☐ 1 2 1 — 8 4 1

검둥소 독자 엽서

이 엽서를 보내 주시거나 우리교육 홈페이지(www.uriedu.co.kr)에 서평을 올려 주시면
고맙겠습니다. 이 엽서는 검둥소가 좋은 책을 만드는 데 많은 도움이 됩니다.

이름   전화번호
_____

이메일
_____

직업   성별
_____

이번에 사서 읽은 책 이름
_____

이 책을 산 서점   에 있는   서점

이 책을 어떻게 사 보게 되었나요?

☐ 주위에서 권해서   ☐ 소개 기사를 보고(에 실린 글)

☐ 광고를 보고(에 실린 광고)   ☐ 출판사를 믿고

☐ 서점에서 책을 고르다가(표지/제목/내용)이 눈에 띄어서

☐ 지은이를 보고   ☐ 그 밖에

_____

이 책을 읽으신 느낌은?

• 내용에는 ☐ 만족 ☐ 보통 ☐ 불만   • 제목에는 ☐ 만족 ☐ 보통 ☐ 불만

• 표지에는 ☐ 만족 ☐ 보통 ☐ 불만   • 책값에는 ☐ 만족 ☐ 보통 ☐ 불만

검둥소에서 펴내기를 권하는 책 ? 검둥소에 하고 싶은 말

**이 엽서를 보내 주시거나 우리교육 홈페이지에 서평을 올려 주시는 분들 중 다달이
10분을 추첨하여 검둥소 신간을 보내 드립니다.**